怀诗词曲赋的极致之美

月流逝，唯诗意生生不息

花开半季，情暖三生：

品味唐诗的极致之美

彭嘉敏 —— 著

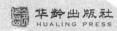

华龄出版社
HUALING PRESS

责任编辑：程　扬
责任印制：李未圻
封面设计：颜　森

图书在版编目（CIP）数据

　花开半季，情暖三生：品味唐诗的极致之美 / 彭嘉敏著.
--北京：华龄出版社，2017.1
　ISBN 978-7-5169-0874-7

　Ⅰ.①花… Ⅱ.①彭… Ⅲ.①唐诗－诗歌欣赏
Ⅳ.①I207.227.42

　中国版本图书馆CIP数据核字（2017）第007483号

书　　名：花开半季，情暖三生：品味唐诗的极致之美
作　　者：彭嘉敏 著

出 版 人：胡福君
出版发行：华龄出版社
地　　址：北京市东城区安定门外大街甲57号　　邮编：100011
电　　话：010-84044445　　　　　　传真：010-84049572
网　　址：http://www.hualingpress.com

印　　刷：三河市东兴印刷有限公司
版　　次：2017年6月第1版　　　2019年12月第3次印刷
开　　本：880×1230　1/32　　印　　张：5
字　　数：120千字
定　　价：29.80元

（如出现印装质量问题，调换联系电话：010-82865588）

一斤唐诗，九两情思

唐代的杜甫以一首《忆昔》，以诗歌的形式再现了唐朝从开元盛世到安史之乱由盛转衰的历史过程，让我们既看到了大唐盛世的繁茂和昌盛，也看到了大唐的衰落，让人生出一种繁华不再的凄凉和无奈。

唐朝，这个中国历史上最强盛的朝代之一，用它繁荣的国情、旖旎的情思、包容的胸怀，孕育了丰满多情的文化载体——唐诗。

王国维在《宋元戏曲考》中说："凡一代有一代之文学，楚之骚，汉之赋，六代之骈语，唐之诗，宋之词，元之曲，皆所谓一代之文学，而后世莫能继焉者也。"

唐诗，作为我国最珍贵的文化遗产之一，它犹如一颗明珠，在代代传承中熠熠生辉。

按照时间来说，唐诗可分为初唐、盛唐、中唐、晚唐几个阶段。无数诗人用他们的才情、悲悯和智慧谱写了一首又一首佳作。这些作品带着特有的时代烙印：初唐的清幽奋起，盛唐的纵横驰骋，中唐的深思婉转，晚唐的怀念叹息。这些诗人，随着时代的洪流奔向远方，他们的创作中带着岁月的味道，带着自己的性情和情怀，带着历史的风尘。

他们写诗，他们读诗，于是，诗中便有了故事，故事里便有了诗。

诗人燃烧所有的感情和自我，将自己的人生和理想写入了诗中。这如同电影《死亡诗社》里面的一段话——"我们读诗、写诗并不是因为它们好玩，而是因为我们是人类的一分子，而人类是充满激情的。没错，医学、法律、商业、工程，这些都是崇高的追求，足以支撑人的一生。但诗歌、美丽、浪漫、爱情，这些才是我们活着的意义。"

于是，唐诗里藏着若干的情，是男女相思之情，是亲朋好友相惜之情，是感慨时光流逝之情，是参悟生死之情，是山水田园喜乐之情，是伤春悲秋之情，是花好月圆之情，是悲欢离合之情，是文人风骨之情，是历史悠悠之情，是家国天下之情……

一斤唐诗，便榨出九两情思。

仿若《蒋勋说唐诗》里所言：

在这个世界上，当你对许多事物怀抱着很大的深情，一切看起来无情的东西，都会变得有情。在自然当中，一切事物都是无情的状态，人的生死，或者花的开放，都是无情的。可是就情感部分而言，人们会觉得，一朵花落了，虽然是一种凋零，可"落红不是无情物，化作春泥更护花"，又变成对无情事物的有情解释。

这本书便阐述了这份情。它说的是唐诗，说的是诗人，说的也是相思，也是深情，也是时光，也是山水，也是风骨，也是人生，也是离别，也是天下。

最后，借用王小波一句话：一个人只有此生此世是不够的，他还应有一个诗意的世界。

谢谢阅读。

目　录

卷三　时光：一指流沙

卷四　寻梦云水间

卷五　文人的风骨和菩提

卷六　人生有味是清欢

卷一 情深，万象深

人有情，就有了世间，有了红尘，有了牵挂，有了执念。于是，便有了亲人，有了爱人，有了朋友，有了天地万物在心中的生生不息。

人者，匆匆而来，匆匆而去

一说到杜甫的诗，眼前仿佛就会出现他的破茅草屋，他的白鬓如霜，背后还有一幅烽火连天、民不聊生的战景图。杜甫的诗是"诗史"，而他也是"诗圣"，是十足的悲情诗人，苦命英雄。

原以为凄苦的生活锻造了他沉郁顿挫、心事沉稳的性格，所以他炼字如金，笔下尽是国事、民事、天下事。像杜甫这样的人，似乎一生就应该是纠葛在国仇家恨的大爱大恨之中，殊不知，杜甫也有温婉感性、纤柔细腻的一面。

> 人生不相见，动如参与商。今夕复何夕，共此灯烛光！
> 少壮能几时？鬓发各已苍。访旧半为鬼，惊呼热中肠。
> 焉知二十载，重上君子堂。昔别君未婚，儿女忽成行。
> 怡然敬父执，问我来何方。问答乃未已，驱儿罗酒浆。
> 夜雨剪春韭，新炊间黄粱。主称会面难，一举累十觞。
> 十觞亦不醉，感子故意长。明日隔山岳，世事两茫茫。
>
> 杜甫《赠卫八处士》

你是否有过这样的经历，或者，是否设想过这样的画面：若干年后，当你和一位故友不期而遇。他，可能是你的儿时发小，可能是你的青梅竹马，可能是你的热血兄弟，可能是你的初恋情人。总之，他是陪伴你走过一段青葱岁月的故人。再次见面的时候，你们已然不是从前那般模样，胖了或瘦了，高了或矮了，但你们依然能够嗅到彼此身上那股熟悉的味道。起先，你们会握一握手，礼貌地寒暄。

在三两杯酒下肚后，你们便神情自若，谈笑风生，你呼唤起他的小名，他拿你过去的丑事开涮。然后，你们会聊到曾经共同的友人，谁又升官了，谁又发财了，谁又倒霉了，谁又去世了……这时候，你们才感到世事变化，命运无常。转过头一看，从前那个不知天高地厚的毛头小子，原来那个不谙人心险恶的黄毛丫头，竟然已经儿女成群，子孙满堂了。这时候，你们才懂得年华易逝，好景不长。杜甫与卫八重逢时，正值安史之乱的第三年，两京虽已收复，但叛军仍然猖獗，局势仍然动荡。在离乱漂泊、前程未卜的情况下，杜甫与二十多年前的老朋友再度相逢，他自然是百般欣喜，万般感慨。"人生不相见，动如参与商"，人与人，经常见不到，就像参星和商星一样，一个从东方升起，一个往西方降落，一起一沉，一出一没，永不相见。"明日隔山岳，世事两茫茫。"人与人能够见得到，那也是匆匆而来，匆匆而去，天下无不散的筵席，别时容易见时难。

　　岐王宅里寻常见，崔九堂前几度闻。

　　正是江南好风景，落花时节又逢君。

杜甫《江南逢李龟年》

　　一个伟大的诗人，是时代的产物，也是时代的标志和象征，一个伟大的艺术家亦如此。杜甫和李龟年在安定繁荣的开元盛世相识，时隔多年，却在国事凋零、颠沛流离中再次相遇，这颇有某种宿命论的意味。杜甫眼前这个可怜兮兮的歌者还是当初那个名震一时的音乐家吗？江南好风景，落英又缤纷，可杜甫耳边响起了当年在岐王宅里，崔九堂前听到李龟年唱的那首《长生殿·弹词》："唱不尽兴亡梦幻，弹不尽悲伤感叹，凄凉满眼对江山……"

　　一个人的命运，往往是一个时代命运的缩影。人生巨变，沧海桑田，我们无能为力，但至少，我们可以选择不见，可以选择怀念。如果人来世上一遭，就是为了和无数个"他"相遇，那就请记住他最美丽的时刻，然后深藏于土，礼葬于心，最终成为只属于自己的祭奠。

突然想起杜甫和另一座唐诗巨擘——"诗仙"李白的交往。杜甫曾为李白写下很多首诗。《梦李白》中"故人入我梦，明我长相忆"，《天末怀李白》中"凉风起天末，君子意如何"，都足见杜甫对李白的深情。可李白的诗中很少提到杜甫。但如果因此就给李白扣上个心高气傲、人情淡薄的罪名，那就很冤枉了。

李白和杜甫相识的时候，他已经是名满天下的大诗人了，而杜甫只是个初出茅庐的晚生小辈。何况，他们之间相差十一岁，所以他和杜甫的交往，亦师亦友。对李白来说，他是长辈，对小友杜甫的感情淡一点是可以理解的；但从杜甫来说，他对李白的感情自然要浓烈炽热得多。

在李白称霸诗坛的时代，杜甫就是一个最忠实、虔诚的信徒，默默地为自己的偶像欢呼、喝彩。他和李白并不经常碰面，一见面必然少不了李白的最爱——酒。杜甫在《饮中八仙歌》中淋漓尽致地描绘了一幅八酒仙狂饮图，让人艳羡不已。想象着杜甫在昏黄的灯光中迷蒙地望着眼前那个"天子呼来不上船，自称臣是酒中仙"的李太白，他眼里除了敬畏，应该还有淡淡的哀伤。毕竟，"醒时同交欢，醉后各分散"，今宵酒醒后，便各奔天涯。于是，相见不如怀念……

相见和怀念之间，记得与忘记之间，出发与到达之间，距离可以很长，也可以很短。短是因为相见有如白水，清澈见底却毫无意境；长是因为思念有如陈年佳酿，越久越甘甜醇厚。记得别人是痛着的美丽，被人记得是感动的负担。在到达终点前，请不要忘记当初为什么要出发，因为漫漫长路，能安慰你的只有自己。

故乡的原风景

西方人始终不理解，为什么中国人过年一定要不惜一切代价地"回家"。春运的压力逐年递增，可依然抵挡不住中国人"过年回家"的热情。年轻的西方人通常喜欢背着行囊到处游走，有时结婚也只是需要一个可以移动的"车房"；除非有了孩子，才开始定居。而中国人，却从骨子里渴望一种"安定"。对家园的眷恋与回归，始终是中国文学的一个主题。

> 寒山吹笛唤春归，迁客相看泪满衣。
>
> 洞庭一夜无穷雁，不待天明尽北飞。

李益《春夜闻笛》

这首《春夜闻笛》是诗人李益著名的思归之作。诗的大意是：寒山、远笛，触动了士卒的乡愁，而"迁客"也由此引发了归乡的渴望。等待北飞的大雁，似乎被笛声唤醒，纷纷自由地北归，连天明都等不及，一夜之间，也就都飞尽了。但此时的李益，却是谪迁之人，没有朝廷的恩赦，始终不能北归。望着远去的雁群，听着悠远的笛声，思乡之情盈满于胸，只能空怅惘，泪满衣衫。春回大地，万物复苏，却很难温暖人心，一切全因对归家的渴望没有得到满足。而笛声也恰似一种贴心的温柔，丝丝缕缕，直达心底。

日本陶笛大师宗次郎有一首久负盛名的乐曲，叫《故乡的原风景》。曲子没有歌词，但音乐起起伏伏，如一股淡淡的哀愁盘旋在心头，如泣如诉如低语，在人们的心里铺开了一条回家的路。也许音乐的本质不需要歌词，只需要静静地聆听，听那心灵的脚步，轻轻地踏上故乡的路，那里有故乡的碧波东流，有熟悉的山村小路。多少次，梦回故乡，被揪心的欢愉和忧伤深深地抓住。可一旦美梦成真，却又几乎不敢相信眼前的情景。

正如宋之问的那首《渡汉江》："岭外音书断，经冬复历春。近乡情更怯，不敢问来人。"和家里断绝音讯已经很久了，从冬天到春天就一直没有消息。等到离家乡近了，心理上反而有了疏离与惊恐，因为不知道家里的情况会怎样，更不敢问家里的情况。在这看似矛盾的心理背后，却掩藏着诗人的焦灼与渴望。杜甫说："烽火连三月，家书抵万金。"当战乱的马蹄踏碎了家园，分别日久，不知道家中是否已经横生变故。对亲人的关切，对家园的担忧，恰恰让人不敢轻易触碰。几番梦回故里，笑着睡去；如今荣归故里，反倒不知该如何自处。

家中的一切是否如昔？老屋外的草地、草地边的小溪、小溪畔的垂柳、垂柳下的旧居，一切都在岁月的流逝中静静地数着年轮。而那长长久久的乡愁，盘旋在心头的熟悉，就这样在欢天喜地中渐渐扬起……

> 少小离家老大回，乡音无改鬓毛衰。
> 儿童相见不相识，笑问客从何处来。
>
> 离别家乡岁月多，近来人事半消磨。
> 唯有门前镜湖水，春风不改旧时波。
>
> 贺知章《回乡偶书二首》

贺知章三十六岁考中进士后便离开了家乡，所以自称少小离家。等到八十六岁的时候，在外奔波了将近半个世纪，终于在高龄之时回到了家乡。一个人的生命能有多长呢？大概和记忆的铁轨一样漫长，深深地铺向生命的尽头。多少年过去了，他已然白发苍苍，可骨子里那份对故乡的依恋和执着，却从未有任何变化。但年轻的孩子们并不认识他，还笑着问他是从哪里来的？本来是故乡的人，却被误以为"客"，世事苍茫，人生短暂，心头不免涌起无数感慨。于是，在《回乡偶书》的第二首诗中，他将这份归乡之情描绘得更加直白。他说：离开家乡已经太久了，近来人事沧桑，所以返回家乡。实际上，贺知章一生仕途都较为平顺，甚至可以说是官运亨通。八十几岁告老还乡，得到唐玄宗赏赐的土地，而且有许多朝中大臣都来唱和送行，也算衣锦还乡。但一切荣耀都抵不上返乡的渴望。沧海变幻，物是人非，少年已然不认识当年的老者，但老者当年走时又何尝不是少年。故乡，只有门前的镜湖之水，在春天的微风中荡漾着细碎的柔波。物是人非的感慨就这样在诗人的眉底、心间轻轻地震动。

陆游说："文章本天成，妙手偶得之。"当半个世纪的光阴和故事，就这样恍如隔世般在贺知章的眼前展开，回乡的"偶书"也便写出了人们的共识。席慕蓉有诗云："故乡的歌是一支清远的笛/总在有月亮的晚上响起/故乡的面貌却是一种模糊的怅惘/仿佛雾里的挥手别离/离别后/乡愁是一棵没有年轮的树/永不老去。"

故乡，在人们的心底就像一棵老树。年轻时的人们渴望从老树上飞出去，刺探辽远的天空、新鲜的空气、斑斓的世界。可是，及至老年，才知道对故乡的眷恋是每个人都逃脱不了的命运，就像叶子对根的情意。

所以，西方人会问："何处是我家园？"而中国人从不追问，因为他们知道"树高千丈，叶落归根"。不管树多高多大，也不管叶片如何丰厚，到最后，都要落叶归根，才能献上对土地的最后一片挚爱。

贺知章漂泊一生，返乡不久后便过世了。这不禁令人想起韦庄的那句"未老莫还乡，还乡须断肠"。但是，在故乡熟悉的山水中柔肠寸断，总比流浪天涯肝肠寸断要幸福得多。就像落叶静静地掉下来，落在树根旁，与随风飘逝不知去往何方相比，始终是最为安详的一种结局。

知己，知己，后会有期

古代的生活不像现代这样便捷，既不能打电话，也无法上网视频通话。迢迢千里，即便有相聚的意愿，没有三五个月恐怕也很难相见。所以，每一次的相聚和分离，大家都非常珍惜。此地一别，真是不知何年何月才能再见！按理说，这样伤感的事情，放在现在，肯定会感动得人们"涕泣零如雨"，但放在唐代，虽然伤感，大家仍然谈笑风生，而且还互相鼓励：山高路远，却也来日方长！

千里黄云白日曛，北风吹雁雪纷纷。

莫愁前路无知己，天下谁人不识君？

高适《别董大》

很多人并不知道董大是谁，以为他不过是高适一个姓董的朋友，其实不然。这个董大在盛唐时期是一个著名的琴师，声誉很高。也有传闻说他是著名的隐士，居住在山野林间，清心寡欲，如道如仙。不管哪种说法，可以确定的是：董大是唐代的名人。所以，高适对他的鼓励其实并不过分。黄沙漫天，把白云也几乎染成了黄色。北风呼啸，群雁在大雪纷纷中向南而飞。在如此忧郁的天气里，高适即将告别这位著名的琴师。他鼓励董大说，不要担心前路茫茫没有知己，以你的才华和名气，天下哪有不认识你的人呢！言外之意，像你这样优秀的人，到哪儿都会受到人们的喜欢。如此宽慰朋友，对方也满载着祝福上路，这样的离别便冲淡了愁绪。

"与君离别意，同是宦游人。海内存知己，天涯若比邻。"这样的洒脱似乎只有唐代才有。到了宋代，柳永和青楼女子作别时，"执手相看泪眼，竟无语凝噎"，拉着她们的手，竟然哽咽无声，不知道说什么才好。其实，唐代人并不是不懂离别的含义，"后会有期"不过是互相宽慰的话。从此山高路远，道阻且长，何年何月才能重逢，只能是彼此心中的一个"问号"，但他们似乎并不愿意将这样的惆怅带给朋友，所以每一次送别时，他们除了互道"珍重"，还要喝酒、赋诗，将这曲离歌唱得更有情调。

风吹柳花满店香，吴姬压酒劝客尝。

金陵子弟来相送，欲行不行各尽觞。

请君试问东流水，别意与之谁短长？

李白《金陵酒肆留别》

风吹着柳花，酒店里飘满了清香。酒家侍女取了美酒，请各位品尝。金陵中很多朋友都来为我送行，我们频频举杯喝尽美酒。请你们问问这东流之水，和我们绵绵的别情相比，哪一个更长？人们都知道李白是酒神，不管是愁是喜，都用喝酒来表达自己的感情。清酒、烈酒、浊酒、得意或失意的酒，在李白的手里都能喝出别一番况味。离别本来是一件令人伤感的事，但酒入愁肠，也便化成了绵绵的情意，忧而不痛，哀而不伤。王维的《送元二使安西》也是这类的典范："渭城朝雨浥轻尘，客舍青青柳色新。劝君更尽一杯酒，西出阳关无故人。"轻柔的雨丝，青青的柳条，在这样的美景下，请你再饮一杯酒吧，恐怕从今一别，就再也见不到老朋友了。如此的深情，配上细雨后清新的空气，伤感中带着些温暖的震荡，从容而悠扬地流淌在彼此的心中。长亭、古道，酒楼、江畔，他们用诗和酒装点了一次送别的盛宴。最有意思的是，有的诗人，喝酒喝得太多，结果喝醉后酣然入睡，等到醒来，才发现朋友已经走远，满目山河，尽是惆怅之情。

　　劳歌一曲解行舟，红叶青山水急流。

　　日暮酒醒人已远，满天风雨下西楼。

许浑《谢亭送别》

　　许浑说，唱罢送别的歌曲后，你也要解舟远行了，青山、红叶，还有湍急的流水，一波波，激荡起蓬勃的深情。等到酒醒的时候，太阳已经落山，人也已经远去。满天风雨中，只有我独自一人走下西楼！这天光云影，徘徊出一段孤寂与忧伤。所以，其实唐代诗人的送别有时候也充满了惆怅，如"故关衰草遍，离别自堪悲""掩泣空相向，风尘何所期"（卢纶《送李端》），但这份忧伤并不能抵挡唐人送别时的浪漫，比如除了喝酒，他们还唱歌。许浑说"劳歌一曲解行舟"也是这种习俗的体现。

　　李白曾写过一首名篇《赠汪伦》："李白乘舟将欲行，忽闻岸上踏歌声。桃花潭水深千尺，不及汪伦送我情。"李白说，我踏上小船，刚要走的时候，忽然听到岸上传来了歌声。桃花潭的水有千尺之深，但终究及不上汪伦对我的情谊。踏歌，其实是唐代民间流行的一种唱歌的方法，就是边唱歌边用脚踏地，踩出相应的拍子。

李白游览桃花潭期间，经常在汪伦家做客，等到他临走的时候，汪伦带着村民来给他踏歌送行。李白非常感动，所以写此诗赠给汪伦。后来，村民们为了纪念李白，在桃花潭的岸边修建了著名的"踏歌岸阁"，至今，这里仍是旅游胜地，游人如梭。

"天之涯，地之角，知交半零落。人生难得是欢聚，唯有别离多。"古今中外，所有的离别都逃不过"愁绪"二字，这也是李叔同先生这首《离别歌》能够深入人心的地方。然而，斜阳，芳草，一壶浊酒，一曲离歌，唐代人以自己的情致、风俗，将本应难舍难分、肝肠寸断的场面，演绎得真实而又动人。在分别的刹那，伤感固然是人之常情，但能够控制自己的感情，隐而不发，反以笑脸相送，这哀愁才算真的深婉到了心中！

父母爱，骨肉情

很多地方直到现在依然保留着这样的风俗：女儿出嫁的时候，父母和孩子会抱头痛哭。据说，哭得越厉害，说明以后的婚姻越幸福，但这一点似乎无从考证。至于为什么大家都会痛哭，多半是"仁者见仁，智者见智"。有人说，女儿出嫁，从此便不在父母身边，即便交通便利的今天，也很难再如未婚时那样日夜陪伴双亲，故而伤心落泪。还有人说，毕竟嫁作他人妇，在婆家不知道孩子会不会受到委屈。女儿是妈妈的贴心小棉袄，是父母的掌上明珠，心头肉。所以，父母不舍得女儿走，女儿也不忍离去，哭一哭也是人之常情。

但父母表达感情的方式毕竟不同。母亲可以涕泪长流，汪洋恣肆，不加限制，而父亲却常常作劝慰之语，只略表伤心。就像人们常常见到母亲的叮咛，却很少听到父亲的嘱托。这倒不是因为父亲的爱少于母亲，而是因为他们表达爱的方式各不相同。"父爱如山，母爱如水"。水之流奔腾不息，叮咚作响，敲击人们的心田；而山之爱，常常是一种静静的沉默，无声的依托。就像朱自清《背影》里父亲买橘子的身影，蹒跚、踉跄，却为孩子们支起了"碧海蓝天"的梦想。大爱无言，大音希声，说的就是父爱的博大与深沉。

> 永日方戚戚，出门复悠悠。女子今有行，大江溯轻舟。
> 尔辈况无恃，抚念益慈柔。幼为长所育，两别泣不休。
> 对此结中肠，义往难复留。自小阙内训，事姑贻我忧。
> 赖兹托令门，仁恤庶无尤。贫俭诚所尚，资从岂待周。
> 孝恭遵妇道，容止顺其猷。别离在今晨，见尔当何秋。
> 居闲始自遣，临感忽难收。归来视幼女，零泪缘缨流。

韦应物《送杨氏女》

这是中唐著名诗人韦应物在女儿出嫁之时写给女儿的诗。韦应物说妻子早丧，抚养女儿的时候，对女儿的怜爱更多了几分。因为妻子离世，两个女儿多年来一直相依为命，姐妹情深，此番分别，她们只能流泪互诉衷肠。谁都知道，"女大当嫁"，所以也没办法把孩子留在身边。但是从小没有受到母亲的调教，诗人又害怕女儿结婚后不会侍奉公婆，遭到别人的批评和责罚。因为这份担忧，他嘱咐女儿说，婆家是大户人家，你嫁过去一定要贤惠，懂得勤俭持家，要敬老爱幼，恪守妇德，一切言谈举止要合情合理。今天，咱们父女就此分别，不知道何年何月才能再相逢。在这离别的时候，伤感忽至，竟然易放难收。回来看到小女儿还在身边，忽然又止不住流下泪来。妻子早亡，令韦应物身兼"严父慈母"的双重职责，对孩子倍加怜爱。女儿出嫁的时候，父母爱，骨肉情，忽然都在分离的时刻跃然纸上，不禁催人泪下。

有人说，"父爱恩重如山，母爱情深似海"，山与海都源于自然而又归于自然，就像亲情如血，"浓于水，而又溶于水"。人之亲情，常常润物细无声，无法触摸，却可以感受到它的环绕。尤其是母爱，常常化作一句耳畔回荡的叮嘱，一份深情凝望的眼神，或者只是一双穿旧了的鞋子，一件打着补丁的衣衫。

慈母手中线，游子身上衣。

临行密密缝，意恐迟迟归。

谁言寸草心，报得三春晖。

孟郊《游子吟》

"母爱"是人类永恒的感情，也是历来文学创作的主题。孟郊准确地抓住了母亲为孩子补衣的细节，交织进游子思乡的感情，将母爱的伟大抒写得非常动人。慈母手中的细线，在游子临行时，密密麻麻地缝进孩子的衣衫，一并系在衣服里的，还有母亲的想念与牵挂，"意恐迟迟归"正是母爱的集中体现。在孟郊看来，作为儿女，寸心如草，无论怎样也报答不了母亲的恩情！"游子不言苦，家书但云安"，似乎只有锐意进取，才能以微弱之力报答母亲的恩情。所以，孟郊在进士及第后，写了一首著名的登第诗：

昔日龌龊不足夸，今朝放荡思无涯。

春风得意马蹄疾，一日看尽长安花。

孟郊《登科后》

他说，昔日的愁苦、贫困都不值得一提了，今日登科已经一扫往日的愁绪和阴霾。我愉快的心情如春风拂面，马蹄急促之下，一天就看遍了长安城烂漫的春花。很多评论说，孟郊四十六岁才中了进士，"一日看尽长安花"实在太过得意忘形，注定没什么大的作为。更有人论证，当年的"得意"缺乏大气度，一副小人得志的嘴脸，所以一生都不过是芝麻绿豆的小官。

可是，假如从孟郊的角度去体会，他从小勤奋苦读，却始终仕途不顺。出身寒门，似乎更知道父母的辛苦，所以，对成功的渴求也就显得非常急迫。当他觉得寸草之心，终于可以微弱地开始报答母亲的恩情，想必也是欣喜若狂的事情吧。

中国著名的《二十四孝》中有一个老莱子的故事。老莱子虽然年过七十，但父母仍健在，所以从来不说自己已经年老。不仅如此，还经常穿着五色彩衣，手持拨浪鼓，故意摔倒在地，装作婴儿般大哭，哄得父母开怀大笑。反观孟郊登科后手足舞蹈的样子，似乎也和讨好母亲的老莱子没什么两样。看到孩子登科后如此喜形于色，作为母亲，应该也是无比欣慰的吧。毕竟，很多父母都以孩子的理想为自己人生最大的追求。

无论是父母对孩子的疼爱，还是子女对长辈的孝心，其实都源于人类最初的本能。这本能就是一种"爱"的奉献与报答，无论是荡气回肠的爱情、细水长流的亲情，还是肝胆相照的友谊，都因为对爱的渴望与寻找，而在人们的骨子里世代相传，代代流淌。

人间难得有情郎

> 人道海水深，不抵相思半。海水尚有涯，相思渺无畔。
> 携琴上高楼，楼虚月华满。弹著相思曲，弦肠一时断。

李季兰《相思怨》

女子的相思大抵如此：如泣如诉，如怨如慕。即便再高明的女子，陷入爱情的旋涡，也躲不过相思的苦楚。"永浴爱河"不过是人们的一种希望，世间的许多爱情，不过是海水，喝了之后才慢慢发现，海水和泪水一样的苦涩，一样的咸。可惜，世人只识海水深，却不知道比海水更深更寒的便是相思的苦楚。毕竟，海水的尽头还有海岸，但相思的尽头依旧是无尽的相思。所以，在这长长的叹息中，李季兰只能独倚高楼，轻抚琴弦。可是人去楼空，抬头却望见一轮满月，月华深浓。曲调悲切处，不禁折断琴弦。此等忧伤，又将是怎样的断肠人！这首《相思怨》语言直白，通俗易懂。即便远隔千年，诗人当年的缕缕情丝依然历历如新。

写作此诗的李季兰是唐代诗人，原名李冶，著名的才女，也是著名的女道士。和大唐的公主一样，唐代的很多平民女子也会选择"出家"做道士来躲避尘世的纷扰。鱼玄机说："易求无价宝，难得有情郎。"弃绝红尘、遁入空门，说到底都是因为没有遇到一段美满的姻缘。完美的婚姻就像一个平滑的圆，在任何对接处都毫无牵强感，而且通体圆润，流畅自如。所以有人说，"好的爱情是不累的"。

也许是基于这种人性化的考虑，唐朝的婚姻制度非常开放：从贵族公主到百姓民女，离婚再嫁都不算什么耻辱。这一点虽然极合人性，但也给唐代女子带来许多负面评价，从衣着服饰到再婚再嫁，成为后世指责她们风流的佐证。张艺谋导演在接受媒体采访时也曾表示，在电影《满城尽带黄金甲》里，唐代女子们豪放的装束，半裸的酥胸，其实都经过了科学的考察，比如《唐代仕女图》就是服饰艺术上的一例明证。据说，在唐代喜庆的节日里，街头还有裸女相扑，其开放程度可见一斑。

但人们仿佛忽略了历史的特性，除了区别于其他朝代的自由与开放，大部分唐代女子，还是秉持了所谓的"封建道德"，恪守本分，温良恭顺。

三日入厨下，洗手作羹汤。

未谙姑食性，先遣小姑尝。

王建《新嫁娘》

按照习俗，新媳妇过门三天后，要下厨房为婆家做饭。但是，新媳妇好做，好媳妇难当，伺候婆婆可不是一件容易事儿。于是，这个灵秀的媳妇想出了一个办法：就是让自己的小姑来尝尝口味，看是否符合婆婆的喜好。一首《新嫁娘》，简简单单二十个字，却将新媳妇聪明乖巧的性格刻画得活灵活现。这当然归功于王建的文学才能，但也少不了唐代女子的聪明。

"琴棋书画诗酒花，当年件件不离它。而今般般皆交付，柴米油盐酱醋茶。"婚后的才女，当年都曾经花前月下。但婚后，相夫教子、勤俭持家、孝顺公婆，同样要遵守封建道德规范。离婚是可以的，不过也没那么容易，名节、地位不是每个女人都能轻易放弃的。

所以，即便遇到了真正的爱情，迫于婚姻的束缚，有时候也不得不忍痛放下。

> 君知妾有夫，赠妾双明珠。
>
> 感君缠绵意，系在红罗襦。
>
> 妾家高楼连苑起，良人执戟明光里。
>
> 知君用心如日月，事夫誓拟同生死。
>
> 还君明珠双泪垂，恨不相逢未嫁时。

张籍《节妇吟》

这首诗的大意如下：你知道我是有夫之妇，却赠给我一对明珠。我感激你的情意，将它们系在红罗襦上。我夫家也是有地位、有权势的名门望族。所以，我尽管知道你对我情深义重，也只能和丈夫"共进退，同死生"。今天，将这对明珠含泪送还给你，只能怪造化弄人，没有让我们在未婚时相遇。诗作的最后两句尤其深婉，历来为人所称道。

很多人考证说这首诗表面上写的是男女之情，实则寄托了张籍的政治理想。但仅从诗作理解，这首《节妇吟》却不失为唐代女子信守婚姻的典范。长期的婚姻生活磨平了两个人的棱角，却也无声地淡化了彼此的激情，所以有"七年之痒"这一经典说法。此时，如果愿意放纵自己，当然会有出轨的"机会"，但踏出这一步，婚姻也就此名存实亡。

作家三毛曾经在散文中提到一个故事，她说丈夫荷西有次告诉她，"他爱上了别人"。多数女人听到这样的说法，都会暴跳如雷，但三毛没有这样做。她认真地听丈夫讲述了那个女孩的故事，发现那也是个非常美好的女子。所以，她对荷西说："你去试着跟她生活。一年之后，你喜欢她的话就留在她身边，想念我就回来，如果都放不下，我们三个人就一起生活。"实验的结果是荷西又回到了三毛的身边。

婚姻以外的爱情，能够给人刺激，但兴奋过后，依然要回归平淡。再大的激情也有燃尽的时候，坚守婚姻，也便守住了幸福的底线。如此说来，张籍笔下的"节妇"似乎比现代人更有智慧。于情于理，"还君明珠双泪垂"，既不乏对别人感情的尊重和感谢，也没有突破道德和婚姻的规范，有情有义却也有礼有节，实在是一个懂得感情又珍惜生活的才女！

倒是明代瞿佑十分无聊，续写了一首《续还珠吟》："妾身未嫁父母怜，妾身既嫁家室全。十载之前父为主，十载之后夫为天。平生未省窥门户，明珠何由到妾边。还君明珠恨君意，闭门自咎涕涟涟。"不但大肆鼓吹了"在家从父，出嫁从夫"的封建道德，还标榜了足不出户的"规矩"，在还君明珠时还狠狠地愤怒了一把，闭门思过不禁泪流满面，觉得自己非常委屈。

明代时礼教的桎梏已经非常严重，很多妇女被诬不贞后，怕受唾弃，居然回家上吊自尽，以死明志。和这"吃人的贞操"相比，唐代妇女的确是开放的、风流的，但也同样是幸福的、自在而又快乐的。她们多情却不滥情，一切爱恨都源于自然与人性。而这风行水上的潇洒和快意，反倒比明代扭捏的矜持来得顺畅、舒服！

洗手作羹汤，还君明珠泪，都在风流妩媚的背后，增加了智慧与坚强。温柔如水固然是女子的美德，但如一眼活泉，自由奔放，又何尝不是一种风景。刚柔相济，重义也重情，才应该是女子最佳的状态。温柔的讨巧，含泪的拒绝，这样的妩媚也该算是一种清刚吧！

走下去，哪怕天寒地冻，路远马亡

怀着各种各样的心事，带着各种各样的心情，人们一次又一次地踏上新的旅程。人类的足迹涉遍大大小小的地方，却很少有人能说出他们旅行的意义。或许是因为走得太远，太多的人都忘记了自己为什么而出发。

看过了许多美景，看北极极光、看热带岛屿、看古城巷陌、看海涛浪花，人们不断地将自己扔上旅途，去追寻的是古人的足迹还是自己心灵的向往，很多人难以说清。一本书、一首诗、一句话都可以成为旅行的意义。

而无论走了多远，总有一天要回来，回到最初的地方，回到梦开始的地方。几世轮转，当历史的风吹散一夜的雪花，终于追上刘长卿的脚步，和他一起踏上归途。

日暮苍山远，天寒白屋贫。

柴门闻犬吠，风雪夜归人。

刘长卿《逢雪宿芙蓉山主人》

唐朝大历时期，是一个噩梦连连、让人不得不忧伤的时代。早年的刘长卿屡试不第，长期功名无成。直到中第，好不容易入仕，又逢安史之乱。世道无常，诗人曾两次被贬到偏僻的地方。

大历二年（767），抱着一线希望的刘长卿复入长安求官，最终徒劳而返，后又扁舟南下，漂泊湘间。为了生计与前途，不得不背井离乡、抛妻别子，奔走于权贵势要门下。刘长卿始终都在为了一个落脚之处奔波，为了一个与自己理想不悖的安身立命之处而奔波，在一个风雪之夜，他成了一个寻找归宿的浪人。

乍读此诗，以为不过是一首平常的山水诗，细味之时却大不然。刘长卿大概也是一位细致的国画大家，描绘了一幅暮色苍茫、天寒地冻的雪中求宿图。诗先从大处着笔，"日暮苍山远"是整幅图的底色：暮色沉沉，远山层层。接着笔锋拉近，中景"天寒白屋贫"开始出现了活动的小范围，贫屋被大雪覆盖成了一片雪白、一派荒凉孤寂之景。不由让人想起了"鸡声茅店夜，人迹板桥霜"，一所孤屋独矗茫茫雪景中，似"独钓寒江雪"里的一叶孤舟。

宇宙是心灵的万象，日暮也是年华渐暮，天寒地寒也是人寒，山远路远也是人远、心远，屋贫人贫也是心贫、气贫。诗人意高笔简，到底是忧寄天下的失望，是仕途不顺的惆怅，还是看穿一切的旷达？刘长卿还未给出答案。"柴门闻犬吠"以有声衬无声，仿佛让人透过隐隐的犬吠声看见一个孤单的身影穿过层层密林归来，背后空留下一串深深的脚印，一幅落得白茫茫大地真干净的景象。就这样宦游漂泊，浪迹天涯，人和心一直在路上，不知何时是归期。于是便有了这首雪中孤寂的归人图。

尽管对于"归"的到底是谁，众说纷纭，但诗满载了一个漂泊者浮沉上下、思归难遇的凄寒。刘长卿孤零零地在大唐的飞雪中行走着，寻找着。他的一生若是一次旅程，那么贫屋是他借宿之处还是最后的归所，无人得知。

也罢，就让诗人当一个不被打扰的旅人，借旅途抚慰心灵，一山一树一雪一屋都是风情。

如果不是经过那么多的寻找，刘长卿甚至更多的诗人又怎会到达"最深的内殿"，若不是用一生来完成这次旅行，又怎么能在风雪之夜渴望做一个安稳静好的归人。只是因为亲历动荡，家园被淘洗一空，被贬，甚至入狱，一次一次不情愿的归附，使刘长卿更加渴望有一处属于他的归宿，哪怕这归宿并不只属于他一个人：

萧条独向汝南行，客路多逢汉骑营。

古木苍苍离乱后，几家同住一孤城。

刘长卿《新息道中作》

没关系，就算"几家同住一孤城"也不必哀伤，这还不是最后的归宿，还可以向前行。旅行没有结束，脚下的路还在继续，直到想永远停下来的那一天。

其实，每一个人都是暮色降临时渴望归去，逢雨雪时求宿心切的旅人，人生路上难免"风雪"，难免苦痛。疲惫不堪、无助脆弱时，都向往一个永恒的归宿能借以永远栖止。然而，这样的"归宿"在尘世间可遇而不可求。

脚下的路一成不变地向前蔓延，每一次出发便是一次告别，每一次告别都是为了再次到达，每一次到达都是另一场出发的起点。

人生路上，出发与到达之间，唯有灵魂短暂的借住处，却很难找到长久的"归宿"。只要活着，就要一直在路上。不管情愿与否，每一个人都注定是匆匆出发又匆匆到达的旅人。只是这途中会有大大小小的站台，怀着"风雪夜归人"的希望和梦想，不停地停靠，又失望地离开，总觉得下一站就是终点，下一站就是永远。但是稍做停留后又发觉，不是不肯放心去依靠，便是留宿人不肯收留。于是，天亮之后，背上行李重新启程。

如此反复，永无归期。

正如《吉檀迦利》中泰戈尔所说：

我旅行的时间很长，旅途也是很长的。

天刚破晓，我就驱车起行，穿遍广漠的世界，在许多星球之上，留下辙痕。

离你最近的地方，路途最远，最简单的单调，需要最艰苦的练习。

旅客要在每个生人门口敲叩，才能敲到自己的家门；人要在外面到处漂流，最后才能走到最深的内殿。

恐怕唯一值得庆幸的是，还有诗，还有相似的经历和理想的世界，来安慰失落的心和无处安放的灵魂。

在理想的世界中，除了"风雪夜归人"，还有"戴月荷锄归""日暮醉酒归"甚至"斜风细雨不须归"。在诗中，可以尽情地停留，做一个诗中徜徉的旅人，用温润的语句浸透一颗失望透顶的心。或许在这里，也可以开始一场新的旅程，沿途都是触手可及的风景。

衰飒的大唐之风，将一个刘长卿送进风雪夜中、送上旅程，千千万万个文人志士各自动身，将自己打扮成了然无挂牵的旅人。也许有一天，他们走累了，或是寻找的途中遇见能让他们留下的理由，便会停下来，永远地留下，将理想和心灵久久地安放。

这便是旅行的意义了。

而在此之前，他们会一直走去寻找那个可以寄放灵魂的地方。

即使明日天寒地冻，路远马亡。

卷二　一寸相思一寸灰

　　于千万人之中，遇见你要遇见的人。于千万年之中，时间无涯的荒野里，没有早一步，也没有迟一步，遇上了也只能轻轻地说一句："你也在这里吗？"

　　自此，所想所念，皆是那个人。

桃花人面，人面桃花

　　世间爱情的结局也许千差万别，但所有爱情的开篇都同样美丽，一切浪漫都源于初见时的惊喜。有人说，爱情是种化学物质，当两个人凝望对方的眼睛长达三秒后，空气里的分子结构就会发生变化，爱情也由此诞生。这一说法并没有什么确实的科学考证，却因爱情故事的甜美令这一理论神采飞扬。爱情和人生四季一样，也需要经历悲欢离合的基调，品味苦辣酸甜的段落。在爱情的四季中，如果把热恋比喻为躁动的盛夏，那么人生的初次相逢就犹如早春的桃花，鲜艳却带着柔媚、矜持与羞涩。

　　在那年清明节的午后，刚刚名落孙山的崔护独自出城踏青。长安南郊的春天草木繁盛，艳阳高照，桃花朵朵。一望无边的春天里弥漫着融融暖意。随意漫步中，崔护忽觉口渴，恰好行至一户农家门外，便轻叩柴扉，讨一杯水喝。门里传来姑娘轻柔的询问，"谁啊？"崔护说"我是崔护，路过此处想讨杯水喝"。农庄的大门徐徐拉开，两颗年轻的心便在明媚的春光中浪漫地邂逅了。

　　姑娘温柔地端了一碗水送给崔护，自己悄然地倚在了桃树边。崔护见姑娘美若桃花，不免怦然心动。可是，即便大唐再开放、宽容，但生活在"非礼勿视、非礼勿言"的封建时代，男女之间的禁忌还是颇多。所以，从头到尾，姑娘其实只说了一句话"谁啊"。

　　第二年的清明，崔护又去了南郊踏青。没人知道他是不是去寻找那曾经令他刻骨铭心的笑容。后世记载，说他看到门上一把铁锁，便怅然若失地写下了这样的诗行：

　　　　去年今日此门中，人面桃花相映红。

　　　　人面不知何处去，桃花依旧笑春风。

　　　　　　　　　　　　　　　崔护《题都城南庄》

　　诗的大意很简单：去年的这个时候，我在这扇门前喝水，看到青春的姑娘和盛开的桃花交相辉映。今年的这个时候，故地重游，发现姑娘已不知所踪，只有满树的桃花，依然快乐地笑傲春风。崔护的诗写完了，但崔护的故事没有结束。唐代人用自己特有的浪漫情怀，为这首诗编排了续集。唐代孟棨的笔记小说《本事诗》中，记载了崔护的这一段情：崔护题完诗后，依然有许多放不下的心事，到底惦念着，几天后又返回南庄。结果，在门口碰到一位白发老者，老者一听崔护自报家门，便气急败坏地让崔护抵命。原来去年自崔护走后，桃花姑娘便开始郁郁不乐。前几天，刚好和父亲出门，结果回来看到这首诗写在墙上，便生病了。不吃饭不睡觉，没几天就把自己折腾死了。崔护听后，深深地感动了，他跑进屋里，扑倒在姑娘的床前，不断地呼唤姑娘，"崔护来了"。这感天动地的痛哭，竟真的令姑娘奇迹般地活了过来，与崔护有情人终成眷属。后世《牡丹亭》里也曾写到杜丽娘因爱起死回生，用汤显祖的话来说是"情不知所起，一往而情深，生者可以死，死者可以生。生而不可以死，死而不可复生者，皆非情之至也。"

　　当然，没有人能证明崔护的爱情是否真的存在续集，但"人面桃花"的明媚和"物是人非"的落寞，却吟诵出人们对平常生活的感喟。尤其是那初见时的倾心，满树盛开的桃花犹如一朵朵怒放的心花，令人沉醉其中，流连忘返。在封建社会，除了父母之命、媒妁之言，很多年轻人根本接触不到其他异性。所以一见钟情对他们来说，显得尤为珍贵。宝玉和黛玉第一次相见的时候，心里也都不由得一惊，觉得对方十分"眼熟"，倒像在哪里见过。正是目光中惊心动魄的那次相撞，足以断定是否此生可以相知相许。这三秒钟深情的凝望，倾注了对人生幸福的所有期盼与锁定。"最是那一低头的温柔，恰似一朵水莲花不胜凉风的娇羞"，在两情相悦的瞬间，所有年轻的爱情即源于此时的心动。

当然，也有许多爱情，在最初的相见中就摒除了羞涩和矜持，而代之以坦率和真诚。

> 君家何处住？妾住在横塘。
>
> 停舟暂借问，或恐是同乡。
>
> 崔颢《长干曲》

"易求无价宝，难得有情郎。"在这碧波荡漾的湖面上，年轻的女子撞见了自己的意中人，爽朗地询问起小伙子，"你的家住在哪里啊？"还未等人家回答，便着急地自报家门：我家住在横塘，你把船靠在岸边，咱们聊聊天，说不定还是老乡呢。淳朴的性情、直白的语言，将年轻姑娘的潇洒、活泼和无拘无束生动地映现在碧波荡漾的湖面上。与桃花姑娘的妩媚相比，倒也别有一番质朴和爽朗。

同样是初次相遇，有的姑娘只能无奈地看着爱情的离开，静待明年春天可以迎来新的惊喜。而有的姑娘却敢于直抒胸臆，大胆奔放地说出内心的爱意。一静一动，相辅相成，为唐诗里一见倾心的爱情留下了迥异的韵味和风采。爱情，犹如姹紫嫣红的百花园，唯有各自盛开，才能为春天带来五颜六色的新奇和精彩。桃花的妩媚、妖娆与风姿绰约，正是唐朝女子的象征。年轻的心在春风中笑靥如花，轻风过处，花枝乱颤，心动神驰……也正因如此，人们喜欢用桃花运代指爱情的降临。

《长干曲》的第二首，小伙子也憨厚地回答了姑娘的提问：

> 家临九江水，来去九江侧。
>
> 同是长干人，生小不相识。

虽然我们同是长干人，可原来却并不认识。诗人崔颢并没有告诉人们这故事的结局。但是，能有如此浪漫的开篇，想来也应该是美丽的结局。不管最后能否经得住时间的大浪淘沙，每一段爱情的开始都艳若桃花，青春也在生活和生命的春天里绽放了无限光华。

作家沈从文曾这样描绘自己与张兆和的爱情："我一辈子走过许多地方的路，行过许多地方的桥，看过许多次数的云，喝过许多种类的酒，却只爱过一个正当最好年龄的人。"实际上，在最好的岁月里，遇到心爱的人，能够相守固然是一生的幸福，但只要彼此拥有过动人也撩人的心跳，一切就已经足够。

席慕蓉说她愿意化成一棵开花的树，长在爱情必经的路旁。于是，那些正当年华的人，每当走过一树树的桃花，都深深地记得，要认真收获人生美艳的刹那！所谓"曾经拥有"大概就是这个道理吧。而这也正是崔护的故事留给后人的浪漫启示……

青梅竹马时节到

在一次访谈中，金庸先生曾经不无感慨地说"青梅竹马，白头到老"是最完美的爱情模式，也是许多人的期待。而金庸先生的武侠世界，似乎也一直在诠释这样的主题：那些最浪漫的事，便是"牵着手，一起慢慢变老"。郭靖和黄蓉，杨过与小龙女等"模范夫妻"，都有一个共同之处：从青梅竹马、相知相许的时候，便认定了一个道理即"执子之手，与子偕老"。这是古代传统的爱情道德，也是现代追求的爱情信念。从青梅竹马到白头偕老，不仅是两个美丽的成语、浪漫的故事，也包含着团聚、分别、等待、相思，包含生活的百般滋味。在这条时间的链条上，连同爱情一起生长的还有不断膨胀的青春与时光。

妾发初覆额，折花门前剧。郎骑竹马来，绕床弄青梅。

同居长干里，两小无嫌猜。十四为君妇，羞颜未尝开。

低头向暗壁，千唤不一回。十五始展眉，愿同尘与灰。

常存抱柱信，岂上望夫台。十六君远行，瞿塘滟滪堆。

五月不可触，猿声天上哀。门前迟行迹，一一生绿苔。

苔深不能扫，落叶秋风早。八月蝴蝶黄，双飞西园草。

感此伤妾心，坐愁红颜老。早晚下三巴，预将书报家。

　　相迎不道远，直至长风沙。

李白《长干行》

　　诗大意为：当头发刚刚能够盖过额头的时候，我会折些花在家门前玩耍。你骑着竹木马过来，我们就快乐地绕着井栅栏做游戏。因为从小就是邻居，在一起玩，一起度过美丽的童年，一起跟着时间长大，所以两颗心从来就没有猜忌。长大以后，两个人便结婚了。男子出去经商，女子在家殷切地思念，并不断地回忆往事，觉得日子过得太快，因为思念丈夫，满面愁容逐渐令红颜苍老。最后，她还痴情地说，"什么时候回来，提前告诉我，我远远地就去迎接你的归来"。故事虽然简单，却写得优美动人。据说，因为故事性极强，加上李白的威名远扬，这首诗在美国也同样家喻户晓。由此看来，"青梅竹马"是人们普遍追求的一种爱情理想，在哪里都会受到欢迎。

　　《唐宋诗醇》评价此诗说："儿女子情事，直从胸臆间流出，萦迂回折，一往情深。"实际上，这首诗不仅开创了一种"两小无猜"的爱情模式，也为后世提供了"两小无猜"的范本。从相知相许到相伴一生，似乎隐藏着爱情的能量守恒，这个定律说到底就是"不离不弃，从一而终"。这里的"从一而终"不是指封建社会中女子的道德压力，而是两个人对于爱情的坚守、执着与专注。

　　当年，卓文君和司马相如私奔时，并不计较司马相如穷困潦倒，她也甘于当垆卖酒，贴补家用。不料司马相如功成名就后，打算抛弃她。卓文君悲愤交加，提笔成文，写下了流传千古的汉乐府名篇《白头吟》。司马相如看过此篇，想起当年情分，于是断绝了纳妾的念头，夫妻和好如初，留下一段佳话。而《白头吟》中那句"愿得一心人，白头不相离"写得深情哀婉，颇动人心。

从两情相悦到白头偕老，看似一条简单的道理，实则要经过时间的无数次萃取，唯有经得住时间的考验，方能见证爱情的坚贞与纯粹。法国经典爱情电影《两小无猜》讲述的就是这样的故事。两个主人公是从小一起长大的好朋友，他们经常玩一个叫作"勇敢者"的游戏。在游戏中，他们为对方制造不同的困难、险境，让对方来突破、尝试，不断超越生活与自我。随着时间的流逝，他们渐渐地长大，友情的天空里出现了爱情的彩虹。可因他们害怕承受爱情的负担，在一次次误会和逃避后分道扬镳。十年之后，当他们知道岁月无法抹去爱的痕迹，便跳进水泥地基中，将爱情牢牢地凝固在那一刻。结尾处，在一个阳光灿烂的午后。老奶奶挑选彩色的糖块放进老爷爷的嘴里，他们甜蜜地亲吻，幸福地说着"我爱你"。这一幕感动了无数观众。据说，每每上映这部电影，都会座无虚席，很多人屡次观看，只为了一次次体会这个幸福的结局。这是人们所共同期待的幸福。"少年夫妻老来伴"，能够牵着彼此的手，跨过岁月的沟沟坎坎，不管沧海桑田岁月轮换，矢志不渝地相爱相伴，的确是人生一大幸事。人生旅途中总会出现许多不稳定因素，诸如天灾人祸、战争瘟疫，都有可能夺去人的生命，更别说脆弱的爱情。能够携手走过尘世的风风雨雨，对抗钱财的诱惑，生存的威胁，以及离别的愁绪，将爱情进行到底，都需要顽强的意志说服自己坚持、不放弃。

相传，唐代大诗人李商隐在年轻的时候，曾有个青梅竹马、情投意合的恋人，小名叫"荷花"。李商隐在进京赶考前一个月，荷花不幸身染重病，李商隐虽然日夜陪伴，但终于还是回天乏术，只能看着荷花在细雨中凋残。但时光的变迁并没能淡化李商隐的爱情，他依然深深地眷恋着美丽的荷花姑娘，写了许多荷花诗表达自己的深情。

> 荷叶生时春恨生，荷叶枯时秋恨成。
>
> 深知身在情长在，怅望江头江水声。

李商隐《暮秋独游曲江》

诗大意为：又见荷花，心中无限伤感。荷叶生长的时候，春恨也随着疯长。荷叶枯败的时候，秋恨也已经生成。我深深地知道，只要还活在这个世界上，这份感情就不会断绝。但也只能眺望无边的江水，听她呜咽成声。短短一首小诗，将浓浓的痴情化作奔流的江水，其中"身在情长在"五个字更是穿透世间爱恨，荡漾起天长地久的深情：不管你身在何处，我心中的爱将随着生命一起流淌，直到海枯石烂，人在，情在。

从青梅竹马到白头偕老，虽然其中有无数的波折、坎坷，打击、诱惑，有思念，有背叛，有快乐与伤感。但能够一路走来，经过无数的风风雨雨，总算是对爱情有一个交代。虽然有许多流行口号，宣称"不求天长地久，只求曾经拥有"，但这实在是一种托词。在选择爱情的时候，其实人们都愿意一生只拥有一次幸福的爱情。平平淡淡，携手同游人间，无数次分分合合，始终走在一起，也算是完成了尘世的爱情之旅。

此生相知，情深不渝，守住了爱情，也便守住了自己。

几枝红豆，便是情浓处

世界上的爱情千差万别，人间的相思也有许多种。有的如望夫女，苦苦地守候丈夫的归程；也有人愿意把浓浓的相思寄托在定情信物上，任凭山河斗转，心中情怀依旧。每当翻阅往事，总会历历如新，找到当年恋爱时的感觉。这种相思，就显得颇为甜蜜。

> 红豆生南国，春来发几枝。
>
> 愿君多采撷，此物最相思。

王维《相思》

王维说红豆是生长在南国的，不知道春天来了，又生出了多少枝？希望你可以多多地采摘，留着它，这个红豆最能惹人相思。有的人说，这首诗里面的相思，并不是爱情，是王维和彼时正处在南国的一位朋友的情义。但不管做何解释，有一点始终不变："相思"是红豆永远的主题。

红豆有着大自然赐予的天性：它色红如血，坚硬如钻，从外形看，也像一颗红心。它不腐不蛀，鲜红亮丽而永不褪色，恰恰象征了爱情的坚贞与恒久。而红豆的故事也和望夫山一样悠久，讲的是南国女子因为思念丈夫，便终日流泪。泪水流尽了，再流出来的便是滴滴鲜红的血水。血滴落地，生根发芽，长成参天大树，结了满树的红豆。因为这是思念的结晶，所以人们把红豆称为相思豆。南方人常常用红豆来做各种饰品，做成手链和项链，挂在身上，以示相思。

红豆，是表达相思的一种媒介。中国人向来含蓄，表达感情也极少奔放。尤其是在男女授受不亲的古代，连说话的机会都很少，更别提表情达意了。但爱情毕竟是人类生活的主题，沟通越有障碍，人们越是想方设法建立起彼此的联系。红娘传书，月老牵线，私订终身的事也都屡禁不止。而王维的诗也同样有这种妙处，虽然句句写的是红豆，却可以读出背后无尽的相思，青年男女的爱也便在各种信物的传递中滋生出更加浓厚的真情。

冯梦龙的《山歌》中有这样一首："不写情词不写诗，一方素帕寄心知。心知拿了颠倒看，横也丝来竖也丝。这般心事有谁知？""丝"和"思"是谐音，字面说的是真丝素帕，实际表达的是自己"横竖都是相思"的感情。更有情深如李商隐者，乃"春蚕到死丝方尽"，唯有生命停止，才能令自己忘却此情。读罢，不禁令人感动，也充满淡淡的感伤。这句"至死方休"的誓言，在无情之人看来，也许只是无稽之谈；而在深情之人看来，却是重若千金的承诺。无论在生活中，还是艺术世界里，执着的爱情始终令人神往。

电影《魂断蓝桥》就描写了凄美又执着的爱情：在伦敦著名的滑铁卢桥上，曾经有一对倾心相爱的情人：罗伊与玛拉。他们结婚的前一天，罗伊被部队调走去了前线，很快他的名字就出现在阵亡名单里。玛拉悲痛欲绝，迫于生计，只能沦为娼妓。战争结束后，他们竟然在车站意外重逢，而且幸福地发现他们依然相爱。不幸的是，女主角不想因为曾经不光彩的那段经历给心爱的人蒙羞，竟在他们曾经相遇的桥上自杀身亡。二十年后，罗伊再次来到这里，思念起曾经心爱的姑娘玛拉，泪如雨下。二十年，可以令年轻人失去青春的激情与冲动，却不足以抹去一段刻骨铭心的爱情。著名作家张洁说："爱，是不能忘记的。"这句话似乎成了《魂断蓝桥》中罗伊和玛拉凄美爱情的最佳诠释。

似乎不仅仅只有罗伊和玛拉，杨过和小龙女也曾经一别数年。当年的小龙女知道自己命不久矣，便纵身跃下绝情谷，为丈夫杨过留书一行，相约十六年后在此团聚。从此，平息江湖风波，化解世间恩怨成了杨过的生活重心。但是，这一切都只是他排遣相思的手段。在他的心里，生活可以有很多内容，却只能有一个主题：那便是思念。但杨过比罗伊幸运，他终于等回了小龙女，从此过上了幸福生活。但这只是世俗的看法，也许在罗伊眼中，爱情并没有因生命而中止，绵绵的思念可以随着不老的爱情贯穿整个人生。

如果说，生命是一条线段，那么生与死便是两边固定的端点，其中有限的距离就是人生最宝贵的经历。作家三毛说："人，空空地来，空空地去，尘世间所拥有的一切，都不过转眼成空。我们所能带走的，留下的，除了爱之外，还有什么呢？"对于泣血成红豆的姑娘、苦等十六年的杨过、至死不渝的罗伊来说，生命是有限的，但爱是无限的。

相思，恰如这生命线段的延长线，它并不因为一方生命的结束而中止，它会随着另一方的爱而绵延下去。在很多人的眼中，虽然这只是一段虚线，但在当事者的眼中，午夜梦回，多少个辗转难眠的日子依然会涌上心头。有些人希望可以有一种叫作"忘情水"的东西，喝下去，前世今生便什么都不记得了。然而，奈何桥边，亲手接过那碗孟婆汤，还是会有人想起望夫石、绝情谷，想起那些曾经一起走过的岁月，以及拴在岁月门廊上的爱情。

　　入我相思门，知我相思苦。

　　长相思兮长相忆，短相思兮无穷极。

李白《秋风词》

　　"长相思，摧心肝"，通达明澈如李白这样的人，都终究放不下一个"情"字。正如一首歌所唱的，"明明知道相思苦，偏偏为你牵肠挂肚"。正因为有了这许多的不舍，有了尘世中放不下的爱，人们才对生命无比眷恋，不忍离去。然而，天上人间永别之时，幸好还有相思这剂良药，虽不能根治，但总可以熨帖无数孤独行走在尘世的心灵。

时光情书

　　韩国电影《假如爱有天意》里曾经有一组非常优美的镜头：在一个灿烂的午后，女主人公因收拾旧物，发现了父母生前珍藏的盒子。她怀着好奇心打开，竟然是父母年轻时满满的一箱情书。风从窗口吹来，情书如纸片一样四散飞去，随之弥散在女儿生活中的就是醉人的爱情。因着这些情书的指引，她洞悉了父母的故事，也体会着当年的况味，因缘巧合还找到了自己的爱情。在这部电影中，情书成了两代人精神交流的寄托，当然也是爱情的信物。其实，世界上任何角落里的情书，因情而生，都是爱的佐证。只是有时候，因为爱的轻浅与深沉、矜持与放纵、炙热与冷艳，令情书表现出迥然不同的情感。

　　卡夫卡的情书，里尔克的《三诗人书简》等堪称世界情书史上的典范；而鲁迅与许广平的《两地书》，沈从文与张兆和的《从文家书》，王小波与李银河的《爱你就像爱生命》也是中国现代情书史上的佳作。可能是职业的原因，这些作家的情书，读来不但有时代特色，也有很强的个人风格，落笔虽从容洒脱，但同样可以读出字里行间的真情。所以，著名学者李辉曾这样评价情书，"虽然是私人间的交流，但它都流露一个'情'字，有了情就有了文学性"。

而在中国古代的情书中，大致可分为两类：其一是柳永、秦少游等风流才子，在寻欢作乐后写给青楼歌伎们的词作，风花雪月逢场作戏。其二便是唐代著名诗人们写给妻子的情书，其中最著名的当属李商隐的《夜雨寄北》：

> 君问归期未有期，巴山夜雨涨秋池。
>
> 何当共剪西窗烛，却话巴山夜雨时。

关于这首诗的争论始终没能平息，有人说这是写给朋友的信，因为李商隐的妻子在他写作此诗的时候已经去世了。也有人说这首诗是写给妻子的，在《万首唐人绝句》中题为《夜雨寄内》，而"内"在古代自然是内人、妻子的代称。放下这些纷乱的争论，只看这首诗的内容，的确像是写给妻子的：你问我什么时候才能回家，我也说不清楚。我这里巴山的夜雨已经涨满了秋池，我的愁绪和巴山夜雨一样，淅淅沥沥，凝结着我思家想你的愁绪。什么时候才能够回家呢？和你一起剪烛西窗，到那个时候再和你共话这巴山夜雨的故事。短短的四句诗，第一句回答了妻子的追问，第二句写出了雨夜的景致，第三句表达了自己的期待，第四句暗示了如今的孤独。四句话，简而有序，层层铺垫，写出了羁旅的孤单与苦闷，也勾画了未来重逢时的蓝图，甚至把连绵细雨也写进笔底，堪称最为简短而又全面的情书。一波三折，含蓄深婉地衬托了与妻子隔山望水的深情。

如果愿意仔细研究中国古代的情书，我们会发现一个非常有意思的特征：回忆共同岁月。而外国的情书多是一种想象，借以描摹主人公内心的跳动。比如诗人茨维塔耶娃写给里尔克的情书，"读完这封信后，你所抚摩的第一只狗，那就是我。请你留意她的眼神”。这样的句子写得生动有趣，一个活泼女子的形象立刻映入眼帘。而中国的情书不是勾勒妻子的状貌或心理，而是对同甘共苦岁月的某种追忆和珍惜。

　　白发方兴叹，青娥亦伴愁。寒衣补灯下，小女戏床头。

　　暗澹屏帷故，凄凉枕席秋。贫中有等级，犹胜嫁黔娄。

白居易《赠内子》

　　诗人讲：白发苍苍的我刚刚叹息，我的妻子也陪着我发愁。深夜已至，还要妻子挑灯为我缝补衣裳，就只见小女儿无忧无虑在床头玩耍，她哪里能够明白父母的困苦。屋里的屏风已经破旧不堪，望望床上，我们只有枕头和席子，这将是怎样一个凄凉的秋天啊！诗作结尾，忽而转入对妻子的安慰，“虽然贫穷，但嫁给我比嫁给更穷的黔娄还是要强些的”。黔娄乃春秋时期的贤士，家贫如洗，死的时候席子放正了都无法遮盖全身。白居易用黔娄自比，既暗示了自己“不戚戚于贫贱”的志向，也安慰了善解人意的贤妻。

　　虽然这只是写给妻子的赠诗，但也可以看作是一封动人的情书。白居易因诗闻名，也因那些讽喻时政的诗歌而被贬官。宦海沉浮，能够有妻子同喜同忧，快乐可以加倍，愁苦可以分担，人生还有什么奢求呢？正如小说《牵手》的结尾留给人们的那句话，“共同岁月之于婚姻，有时候，比什么都重要”。所以，当光武帝刘秀有意把姐姐湖阳公主嫁给贤臣宋弘时，宋弘谢绝了富贵的垂青，选择坚守自己的婚姻和爱情，并留下“糟糠之妻不下堂”这句感人之言。

　　在宋弘、白居易等人眼中，那些甘苦与共的岁月，相濡以沫的支撑，是人世沧桑中最宝贵的一份真情。贺铸有词云：“空床卧听南窗雨，谁复挑灯夜补衣！”贫贱夫妻百事哀，如果能够得到妻子的理解与陪伴，对仕途上常常遭遇挫折、时常颠沛流离的文人来说，也实在是一种难得的精神安慰。明晓了这层含义，便不难理解古人的情书了：写给青楼歌伎的多为浓艳香软之词，而写给妻子的情书，虽然平实、质朴，却深切感人。正如世间无数个平凡如水的日子，虽然没有咖啡的浓烈、可乐的刺激，却细水长流、不可或缺。

当然，有的诗人天性洒脱，写出来的情书自然也情趣盎然。

> 三百六十日，日日醉如泥。
>
> 虽为李白妇，何异太常妻？

李白《赠内》

一年三百六十日，林黛玉天天发愁，李太白日日醉酒。五柳先生说"造饮辄尽，期在必醉"，李白和他也差不多，只要一喝便要尽兴，而且希望自己能够喝醉。但是喝醉了睡着了总还是要苏醒的，睁开尘世的双眼，李白就觉得对不起妻子了。整天烂醉如泥，害妻子担惊受怕，觉得非常不好意思。所以，给妻子写情书，怜惜她嫁给李白也没什么好日子过，整天在收拾饭局。如此活泼的笔法，实在看不出太多的歉意，更多的是一种撒娇和淘气，很像做了错事向家长检讨的孩子，让人又气又爱。这份甜蜜、默契与无奈，源于李白为人的活泼洒脱，也源于他为文的情趣、达观。

无论是李商隐巴山夜雨的相思，白居易荣辱与共的流年，还是李太白酒后猛醒的倾诉，这些情书都深刻地记录了相濡以沫、与子偕老的深情，也见证了他们苦乐与共的婚姻。有人说，"爱的最高境界就是经得起平淡的流年"。不管曾经沧海如何激情澎湃，回到日常生活，一粥一饭总关情，只有平实的生活才是淳朴、美丽的。

最好的年华遇见最爱的人

席慕蓉曾经写诗说，在年轻的时候，如果爱上一个人，不管相爱时间长短，一定要温柔相待，所有的时刻都要十分珍惜，这样就会生出一种无瑕的美丽。假如不得不分离，也好好再见，将这份情谊和记忆深藏心底。等长大了就会知道，"在蓦然回首的刹那，没有怨恨的青春才会了无遗憾，如山冈上那轮静静的满月"。那些流年似水的日子，也因为这份爱而终生怀念。茫茫人海，没有早一步也没有晚一步，恰好在最好的年华遇到了最爱的人。这一生，繁花似锦，便再也入不得眼，进不得心。这既是对爱情的坚贞，也是对往事的怀念。

> 曾经沧海难为水，除却巫山不是云。
>
> 取次花丛懒回顾，半缘修道半缘君。

元稹《离思》

这是唐代诗人元稹为悼念亡妻韦丛所作的一首诗。诗里说，曾经体验过沧海的波澜壮阔，别的水便无法再吸引我；曾经深味过巫山的云蒸霞蔚，别处的风景便不能再令我陶醉。即使我从百花丛中穿行而过，也不会留恋任何一朵，更别说回头张望。这一半是出于修道的原因，另一半就是因为你。"万花丛中过，片叶不沾身"就是这个道理吧。

古人说，"观山则情满于山，看海则意溢于海"，山山水水总能留人愁绪，抒怀解忧。但是，在元稹看来，这一切似乎都毫无意义。他经历过最美的巫山云雨，体味过动人心魄的沧海波澜，世间任何其他景物再也不能打动他了。这就犹如大千世界，自亡妻别后，便再也没有爱情可言。全诗写的虽然是景致，不着半个"情"字，却烘托出了无限爱意，也点出了"我只在乎你"的主旨。韦丛在天有灵，读到此诗应该也会颇感欣慰吧。

人的一生也许会爱很多次，但总有一次刻骨铭心，矢志不渝。如果这份爱能够在对方的心里深深扎根，就可以长成参天大树。任时光匆匆年轮变换，也带不去心底的这份执着。能有如此爱情，生而为人，也算不枉此生。世上痴男怨女，正是因为有了这份不舍、不忍、不放下，才上演了一出可歌可泣的感情大戏。就像电影《霸王别姬》中程蝶衣所说，"说好了一辈子的，差一年，差一个月，一天，一个时辰，都不是一辈子"。伟大的爱情，也似乎正是因为这份"非你不可"的执拗让人不忍错过。

　　所以，也许在他人眼中，韦丛并不是完美的女人；但在元稹心里，她的一颦一笑、举手投足都完美得无可挑剔。"情人眼里出西施"，爱的光芒照耀着人的内心，一切都是那样美满。假如心爱的人不幸离世，或两人被迫分开，那么留在心里的也一定是最美的回忆与惆怅。

> 锦瑟无端五十弦，一弦一柱思华年。
> 庄生晓梦迷蝴蝶，望帝春心托杜鹃。
> 沧海月明珠有泪，蓝田日暖玉生烟。
> 此情可待成追忆，只是当时已惘然。
>
> 　　　　　　　　　　李商隐《锦瑟》

　　这首《锦瑟》是李商隐爱情诗的代表，也是历来爱诗者最喜吟诵的诗篇。宋元之后，对此诗的解读更是众说纷纭。周汝昌先生认为以"锦瑟"开端，实则暗示了"无题"之意，是李商隐爱情诗中最难理解的一首。但不管怎么理解，人们都能读出一种无处释放的愁绪。

　　在锦瑟一音一节的弹奏中，李商隐似乎也看到了曾经逝去的流年。庄生迷梦，理想转眼成空；望帝啼鹃，生活化为悲鸣；明珠有泪，泣血而成；良玉生烟，可望而不可即。四句诗，四个典故，四种意象，每一种都悲辛无限。锦瑟年华，如玉如珠，却只能换来一片怅惘。而这一份怅然若失，又正是人们在面对感情时的共鸣。

　　那些曾经欢乐与共的时光，如心头烈焰难以熄灭，并常常在某个日子不经意想起。或许因为年少轻狂，或许因为情深缘浅，总之是错过了、失去了，但没能真的忘记。如窗前的一束月光，心口的一粒朱砂，令人深深铭记，不愿抹去。所以，《东邪西毒》中的欧阳锋曾说，"当你不能再拥有的时候，你唯一能做的，就是让自己不要忘记"。李商隐做到了。他细数自己的生活、理想和爱情，并追忆那些流年似水的日子，那些"当时只道是寻常"的时光。

其实，李商隐的爱情诗通常都比较晦涩，分不清他在写的是不是真的只有爱情，也不知道他真正是写给谁，只知道他爱着，深深地爱着，却从来看不到女主角的身影。

> 身无彩凤双飞翼，心有灵犀一点通。
>
> 春蚕到死丝方尽，蜡炬成灰泪始干。
>
> 春心莫共花争发，一寸相思一寸灰。
>
> 直道相思了无益，未妨惆怅是清狂。

李商隐《无题》（选摘）

读李商隐的情诗，很容易就看出他恋爱了，而且爱得死去活来。他相思了，而且思念得魂牵梦绕。此外，没有花前月下、山盟海誓，他的心上人家住何方、姓甚名谁，一概无从考证。在他的心里，这份爱煎熬着他，令他不得不提笔写下自己炙热的爱情；但或者是碍于身份、地位和婚姻等各种原因，他又只能吞吞吐吐、含含糊糊地诉衷肠，并不能明确地告诉大家他的恋人究竟是谁。

有人说，如此模糊的诗意是李商隐诗歌的缺陷，影响了对他的解读。但实际上，这却恰恰扣紧了爱情的隐秘。两个人的爱情常常秘而不宣，只可意会不能言传。眉目传情，秋波流转，别人看不到的情意，恋爱中的人却可以独得其味。而古人对爱情的表达本也十分含蓄，他们不会互相高喊"我爱你"，他们只是默默的，用一生的行动去诠释、捍卫自己的爱情。而这份含蓄常常才是历久弥新、永不褪色的记忆。就像金岳霖在林徽因辞世后和他人合写的挽联："一身诗意千寻瀑，万古人间四月天。"林徽虽然另嫁他人，但在金岳霖的心中，她永远如春天般美好、娇艳，是美的天使、爱的精灵。也因为这份不可替代的感情，金岳霖终身未娶，以自己的选择向世界、未来和心上人证明了自己无尽的爱。

此情可待，所有真挚的爱，最后都只能化为一段愁绪，因为生离，也因为死别。但是，无论何时何地，如果心中常存最爱，即便身边花团锦簇、美女如云，也只爱自己心里的那一个。在她的身上，沧海碧波永远朗月高悬，巫山云雨永远晴空如洗。这份爱，就是万古长存的浪漫，人间多情的四月天。

一代女皇，看朱成碧

当代著名作家苏童有部小说叫《妻妾成群》，讲的是封建家庭中，三妻四妾们为了争宠而互相仇杀的故事。她们本来都是好端端的女子，但一夫一妻多妾制造成的压抑和扭曲，令她们丧心病狂，不惜一切代价地迫害他人，酿成了一桩桩悲剧。到最后，死的死、散的散，全都没有好下场。而女人争风吃醋的缘由，多半是因为年轻的时候力求在家庭中争得一席之地。"从来只有新人笑，谁人听得旧人哭！"若不能趁着年轻，巩固自己的地位，晚景必定凄凉。毕竟，古代女人唯一的指望就是男人和家庭。

然而，女人的美貌终究抵不过时间。再漂亮的女人也会有年老色衰的一天，犹如花开花落，春生冬藏。时间如手里的一捧细沙，握得越紧，流逝得也越快。如花美眷终究敌不过似水流年。很多女人就是因为觉得自己"无力回天"，所以常常自怨自艾，结果未及年老，人已珠黄。当然，也有钟灵毓秀的女子，并不以美貌为炫耀的资本，而是以才华打动人心。唐太宗的宠妃徐惠就曾经这样教育武媚娘。

据说武媚娘和徐惠同为太宗才人的时候，有一次武媚娘前去请教徐惠，如何能得太宗喜欢。徐惠只淡淡地说了句，"以色示君者，短；以才示君者，久"。徐惠乃江南女子，柔弱婉约，她以自己的才情解读人间爱情的经验，这个"才"在她看来应该是女子的才情，或曰情思。但这句话在武媚娘听来就不一样了，这个"才"就变成了治世的才能、心机与城府。这当然也与她本身性情的刚烈有关。

武媚娘从小就不喜欢女红，英武十足，少年时曾随父母游历大江南北。山河壮美开阔了她的眼界和胸襟，也历练了她的胆魄和才干。据史书记载，武媚娘辞别寡母入宫时，曾对她的母亲说，"如今我进宫见皇上，怎么知道就不是好事呢？不要哭哭啼啼的，像小孩子一样！"唐诗人崔郊有云："一入侯门深似海，从此萧郎是路人。"深宅大院、宫门紧闭，能被皇帝宠幸固然是好事，但人生漫漫，哪一天不幸失宠，老死宫中恐怕也无人问津。武媚娘母亲的痛哭想来也是人之常情。令人惊讶的倒是，年仅十四岁的武媚娘，面对未知的前途，没有丝毫的恐惧，似乎对人生的一切已然成竹在胸。

可是，进宫后的武才人虽得太宗喜欢，但并没有像徐惠那样得宠。以现代爱情观衡量也在情理之中。太宗属于勇猛刚健型，徐惠则是小鸟依人，一刚一柔，相互欣赏也相互依赖，定然有许多情致。而武则天刚毅果决，充满霸气，和太宗的"气场"互有冲撞，反倒是和太子李治的柔弱、温顺相辅相成。

在爱情世界里，"互补原则"似乎屡试不爽。杨康处心积虑，一心勾结权贵，但偏偏看上宅心仁厚、无意功名利禄的穆念慈。郭靖老实愚讷、憨头傻脑，却被古灵精怪、多才多艺的黄蓉所看中。如果杨康和黄蓉在一起作恶，那真是乾坤颠倒、偷天换日；而假如穆念慈和郭靖共同生活，恐怕两人都寸步难行。由此可见，刚柔并济才更容易产生爱情。所以，在太宗时期，武媚娘不管如何飞扬跋扈，也很难专宠。可能她也清晰地知道了这一点，所以在太宗生前，就开始和李治培养感情。

不料，太宗一死，武媚娘必须遵从后宫惯例，被送去感业寺出家为尼。但以武则天的心计，怎么可能会安心礼佛诵经呢？在寂寞中，她日夜思念着李治，也期待着心上人可以救她于水火之中。但此时的李治已经贵为一国之君，左拥右抱的美女不计其数，还能想得起曾经的山盟海誓吗？

就在这样无端的揣测与不安的战栗中，人们读到了武媚娘一生少见的忧伤：

看朱成碧思纷纷，憔悴支离为忆君。

不信比来长下泪，开箱验取石榴裙。

武则天《如意娘》

此时的武媚娘，依然年轻貌美，同样对爱情有期盼与渴望。她眼见年华似水流逝，却无法看到自己的幸福和未来，那份惶恐与忧伤呼之欲出。她说自己"已经看朱成碧，老眼昏花了。而这一切都是因为太过思念你。不相信的话，可以开箱验取，那些石榴裙上还有我滴下的泪光"。这份对爱情和相思的急迫表白，让人看到了武媚娘身为女子的柔弱。幸好岁月将这首情诗封存并流传下来，才让人们在武后残忍、暴虐的形象中，找到了一丝柔情蜜意的光芒。当年的武媚娘也一定明艳照人，有着年轻女子的温柔和忧伤。若非如此，后宫佳丽多如牛毛，李治又怎么会对她情有独钟！

假如，太宗的爱能够更温和一些，李治的爱能够再狂野几分，武媚娘还会不会有后来无法遏制的野心和欲望？追忆往事，她是不是因为感业寺里的忧伤太过惨烈，才积攒了十足的怨气，在后来的岁月报复起李唐的江山与庙堂！而当李治满心欢喜地把武媚娘接回宫中的时候，他并不知道此时的武媚娘，已经不再是当年蜷在他臂弯里撒娇的可人儿。感业寺里一番红尘劫难，令武媚娘从钟情于爱的女子，变成了只相信自己的女强人。而徐惠的那句"以才侍君"，在她的人生轨迹中也开始发挥巨大作用。

以怎样的才学和城府经营日后的生活，保住自己的地位，恐怕是武媚娘再度进宫前，早就想好了的："女人只能靠自己。"所以，她能够狠心掐死自己的女儿嫁祸他人，并游刃有余地在后宫惨烈的争斗中立于不败之地。最后一再废掉自己的儿子，步步高升，终于自立为皇。寺庙本是断绝尘缘的地方，而武则天走出感业寺的时候，却看破人世争斗，完成了从倾城少女到至尊红颜的心灵裂变。太宗在天有灵，恐怕也是始料不及的吧。

亦舒曾说，"女人是世上最奇怪的生物之一。年轻的时候，清纯、柔和、美丽如春日潋潋之湖水。然后就开始变，渐渐老练、沧桑、憔悴、狡猾、固执、霸道，相由心生，再标致的少女到了中年，也多数成为另外一个人"。所以，年老衰退的常常不只是容貌，还有曾经明澈的心。这句话在武则天的身上得到了充分的验证。

当她已经站在皇权的制高点时，她全然忘记了石榴裙上那些风干的泪痕，取而代之的是女皇的狂妄与专横。权力的魔力令她疯狂。她不但要左右人间之事，还要调遣大自然的风光，寒冬腊月，居然喝令百花为之绽放。

> 明朝游上苑，火急报春知。
>
> 花须连夜发，莫待晓风吹。
>
> 武则天《腊日宣诏幸上苑》

传说众花神接到命令后，迫于皇威都纷纷开放，唯有牡丹严守花令，拒不开花。结果第二天，武则天一怒之下令人将牡丹连根拔起，并火烧其根，贬往洛阳。最有意思的是，唐中期诗人刘禹锡曾写诗云，"唯有牡丹真国色"。而这句诗历来被世代推崇，公认唯有富贵、雍容的牡丹才是大唐国色天香的最佳代言。不知道一代女皇地下有知，会有何感想！

卷三　时光：一指流沙

　　它是最长的百无聊赖，也是最短的欢喜人间；它是最快的白驹过隙，也是最慢的两两相依；它是最平凡的理所当然，也是最珍贵的前行难返。

　　它，就是时光。

花相似，人不同

　　花开花落，本是世间最平常的事。慵懒地闭起眼睛似乎还能从"涧户寂无人，纷纷开且落"的幽静中听到花瓣掉落的声音，美好而残忍。初唐时刘希夷吟了一首《代悲白头吟》，从此，落花与生命易逝、美人迟暮渐生关系，落花的飘零之感也在唐诗中不觉凄美了起来。

> 洛阳城东桃李花，飞来飞去落谁家。
>
> 洛阳女儿惜颜色，坐见落花长叹息。
>
> 今年花落颜色改，明年花开复谁在？
>
> 已见松柏摧为薪，更闻桑田变成海。
>
> 古人无复洛城东，今人还对落花风。
>
> 年年岁岁花相似，岁岁年年人不同。

刘希夷《代悲白头吟》（节选）

　　唐才子刘希夷，史书载"美姿容，好谈笑"，十九岁中进士，后适逢武后专政，英年早逝。自太宗后，唐王朝的历史是辛酸的。高宗懦弱，武后强悍，在文人那里，贞观之后的王朝似乎被大大戏弄了。刘希夷正是那时文人墨客的代表，悲叹世事。世间变动总是很容易撼动文人敏感的心。

　　当刘希夷还是一个不知愁滋味的少年，他感叹红颜易逝，青春易老，繁华易过。他把自己与落花作比，体认到"岁岁年年人不同"的哲思，落花逝去，还会再开；青春衰谢，再不回来。而"年年岁岁花相似"，体现的却是生命常在，生生不息的生命流程。这种向往无穷生命力的情思，把青春的伤感冲淡为一缕淡淡的感伤，一声轻轻的叹息，"今年花落颜色改"，奈何明年花开，又是另一番景象了吧。

这让人不得不想起曹雪芹先生笔下的那句："侬今葬花人笑痴，他年葬侬知是谁？"许是曹雪芹珍爱刘希夷这绝世之作抑或是二人心照不宣的灵犀相通，纵然时光荏苒，有心者亦可以有此共同心境，写出如此动人的诗句。落花与韶光，同是死亡唇边的一滴眼泪。

命运之手如同魔术师的黑袍子，永远都不知他下面将会带来什么或带走什么。这首叹命运无常、人生易逝的诗，竟牵扯出一段与其内容惊人相似的命案。刘希夷的舅舅宋之问，为了这两句诗不惜与自己的外甥反目成仇，二十九岁的刘希夷因与宋之问争夺这首诗的著作权而死于非命。一个才子的一生就这样不明不白地殒殁了，彼时的刘希夷又怎会想到笔下凋败零乱的落花竟是自己命运的无情谶语。

姹紫嫣红开遍，似这般付与断井颓垣。青春与生命如同凋落的春光一去不返，只能化作春泥滋养来年的春红，轻微的一叹似一汪对生命易逝的无奈和感伤的泪眼。从此，落花成了唐诗中最凄美最伤情的场景，连情诗王子李商隐也对落花的摇落飘乎之感心生怜爱。

> 高阁客竟去，小园花乱飞。参差连曲陌，迢递送斜晖。
> 肠断未忍扫，眼穿仍欲稀。芳心向春尽，所得是沾衣。

李商隐《落花》

一生都为一个"情"字画地为牢的李商隐，这一次因暮春时节园中的飞花而感伤，落花与诗人的生命融合在一起。落花的飘飞和流连不止，是诗人对生命的执着与留恋；落花幻灭和飘落无迹，是诗人对生命归途的思考和哀叹。"芳心向春尽",是落花的芳心,还是诗人的芳心?这已是对生命无常的深刻体验。李商隐带着"夕阳无限好,只是近黄昏"的无限悲凉和感伤走到人生的迟暮之年,而越到人生的暮年,对生命的体验越深刻、悲凉,那是一种对生命大限到来的无可奈何的感伤。

感伤乃是对美好事物一去不返的留念和追想,骨子里是对美好事物的赞赏、眷恋,只是这种感情因自然界和人间两个方面不可抗拒的规律而无力挽回,令人升腾起一种无奈的哀悯。多情的李商隐在看罢满园衰败的景象时,也只有沾衣拭泪让人唏嘘不已。

然而,自然的景象周而复始,诗人对花的理解也非一成不变,不论是刘希夷还是李商隐,抑或其他大唐的诗人们,他们用自己的眼睛看到了花之常态,却用心写出了动荡的灵魂。

> 春光冉冉归何处,更向花前把一杯。
> 尽日问花花不语,为谁零落为谁开。
>
> 严恽《落花》

> 共惜流年留不得,且环流水醉流杯。
> 无情红艳年年盛,不恨凋零却恨开。
>
> 杜牧《和严恽秀才落花》

唐代科举正月考试,二月放榜。春光虽好,奈何严恽屡试不第,是以问出花"为谁零落为谁开"一句。"零落"所代表的失意与"花开"所代表的得意恰成鲜明对比,诗人的苦涩溢于言表。而杜牧的诗感情色彩更为强烈,"不恨凋零却恨开",人生的得意与失意各有体味,纵然是得以中举,又何尝就可以宏图大展呢?"浩荡离愁白日斜,吟鞭东指即天涯。落红不是无情物,化作春泥更护花。"龚自珍《己亥杂诗》的落花绝唱恐怕也可与严恽和杜牧互称知音了吧。

偏爱花的诗人实在太多,诗圣杜甫喜爱在江畔独步寻花,"不是爱花即欲死,只恐花尽老相催",是他对自己心境的解释;"正是江南好风景,落花时节又逢君",与当年名满京城的音乐家在江南落花中黯然相逢的场面，暗示着对于繁华盛世一去不返的深沉慨叹。"一片花飞减却春，风飘万点正愁人"像是一个信号，不仅暗示唐朝盛世的衰落，也标志着中国诗人的情绪由高昂转向黯然。杜牧眼中的落花也是触目惊心："日暮东风怨啼鸟，落花犹似坠楼人"，飘摇欲坠的花朵竟也似那高楼上为情所困的觅死之人。落花与安史之乱后的大唐命运类似，前途渺茫，诗人的心境也在这风雨飘摇中动荡不安。是不是因为背负了太多的意义，每一朵花坠得才那么沉重？

无论是比美人、比生命还是比时代，花都以一种无法抗拒的姿态静静地站在世人面前，在脚下绽放给人们看，也衰败给人们看。婉曲的生命都脆弱易折，无论花还是人事；繁盛的景象都地久天长，无论诗还是人生。

九月的云和六月的雨

韶光溅落，时间倒退至相逢那年的光影交错；流年匆匆，岁月在沉默中隐去曾经的体态。转眼间，世事已沧海桑田。多少诗人在岁月的缠绕中白了头，相逢相知一笑而过，都只因流年如阳光下树叶的影子，斑驳错落。

韦应物深知这一切，世间所有因时光而犯的错，都化作诗篇，缠绵入梦。

> 江汉曾为客，相逢每醉还。
>
> 浮云一别后，流水十年间。
>
> 欢笑情如旧，萧疏鬓已斑。
>
> 何因不归去？淮上有秋山。

韦应物《淮上喜会梁州故人》

许是目睹过繁华才会明白凋零的意义。韦应物的一生就经历了这冰火两重的煎熬和考验，方知流年终可拨散亲情和聚首。

出身于显赫家族的韦应物，父亲与叔父都是远近驰名的丹青大家，所以十五岁的他就得以近侍玄宗，看尽盛世繁华，享受人间最骄奢的生活。然而，一场安史之乱改变了多少诗人的命运，此后的韦应物流离失职，饱尝人间沧桑。战火和离乱让他倍加懂得亲情的珍贵和生命的意义。

在战乱年代，活着的时光都是上天赋予的，每一天都是生命的恩赐。如逝水不休的年头，冲淡了诗人心中如诗如画的岁月，剩下的，只是对岁月无情的感叹。

诗人说：像九月的云和六月的雨，说不定哪天又在雾里相见，谁知这一别竟行云流水，阔别十年。再相见，手仍旧那般温热，语笑嫣然。忽然间发现，自己和故人都已老态龙钟，发疏鬓斑。没有久别重逢的欢喜，反而是岁月蹉跎让人空叹，诗人收放自若的情绪让人折服。

绘画艺术中有所谓"密不通风，疏可走马"之说，诗亦如此。这首诗的前两句不过是相逢的背景："浮云一别后，流水十年间"，以流水表达岁月如流的时光飞逝之感，仿佛置身在这相逢的画面不忍切换。这两句，时间最长，空间最短，人事最繁。这两句所用的是流水对，自然之水是无情之水，而情谊之水却不可无情，纵使浮云承载的是悠悠离情，绵绵的流水仍是阻隔不断。

"欢笑"还未来得及，"萧疏"又硬生生将岁月的残忍拉回眼前：情如旧，鬓已斑。不归去的缘由是"淮上有秋山"。身在中唐的韦应物收敛了盛唐诗人的盲目乐观，"秋山"的存在打破了沉浸于岁月流逝的伤怀，使刚刚的失落之感稍有回旋。至于是沉溺于对往昔时光的追忆还是向往淮上的秋山，诗人给我们留下了想象的空间。

仿佛还是昨天，可是昨天已非常遥远。记忆中的那个人还是明眸皓齿，柳眉朱唇，奈何时光太匆忙，还未来得及促膝长谈，就已时过境迁。这不由得让人想起汤显祖《牡丹亭》"惊梦"那一段：

　　原来姹紫嫣红开遍，似这般都付与断井颓垣。良辰美景奈何天，赏心乐事谁家院！朝飞暮卷，云霞翠轩；雨丝风片，烟波画船——锦屏人忒看的这韶光贱！

　　眉眼还是那双眉眼，只是眼神不再流转。混浊的瞳眸，是岁月的杰作，雕刻于面容之上的，是时光的纹理。一日复一日，更况岁岁年年，去日苦多，杜甫也一样叹道："明日隔山月，世事两茫茫。"再次吟起，徒增天光苍老世事鄙陋之感。

　　是怎样的世事茫茫，让诗人和世事都这般，断了水，又隔了山。

　　十年，血管里的血液由湍急到缓慢；十年，颠覆了沧海、复原了河山。诗人的血与泪、爱与恨都在这似水流年间悄然动容，无论怎样挽留都不再回头上演，杜甫也慨叹："五十年间似反掌！"那年的天光随大唐的浩荡钟声传向远方，只留下徐徐尾音，诗人们的惆怅却源远流长。

> 十年离乱后，长大一相逢。
> 问姓惊初见，称名忆旧容。
> 别来沧海事，语罢暮天钟。
> 明日巴陵道，秋山又几重。

李益《喜见外弟又言别》

　　若不是血脉里相同因子的颤抖，人生路上或许就此擦身而过再不相见。是的，十年之后，相遇街头，已不能再凭容貌相认，交换姓名才恍然忆起曾经那么熟识的脸。这些许年间，多少事欲说还休，人生的苦辣酸甜均已尝遍。把酒向苍天，泪落天地间。暮色降，月光寒，晚钟沉沉又该入眠。明日巴陵道上的尘与土还要继续沾染，过了秋山还有万重山。这对面相见却不敢相认的场景，多少次发生在战乱或迁移的诗人身上，叹只叹世道多艰使骨肉分散。

　　唐朝初、中期的繁盛使诗人的心态相对乐观，感慨时光的诗歌发展至大历年间，褪去了建安时期那种无法摆脱的宿命感，取而代之的是相逢中寻旧梦，相聚中怅时光流逝的感情。李益的这首诗亦是如此。

乱世的相逢更增加了历史的沉重，"十年"对应下文中的"沧海事"，弹指间世事已千般改变。难能可贵之处在于诗人强烈的画面构图感，"问姓惊初见，称名忆旧容"，好似看见一双兄弟从对面相逢不相识到好似曾相识到最后恍然相见的记录过程，由"惊"到"忆"这一缓慢的过程相信会有万般镜头一起涌入眼帘。而这组镜头的导演正是一向无情的时光，正所谓"流光容易把人抛，红了樱桃，绿了芭蕉。"也正是无情的岁月，将"沧桑事"填满了人生的一个又一个十年。

时间的细手无孔不入地伸入每一个空隙，变幻着世事。"门前迟行迹，一一生绿苔。"走过童年的巷口，依旧是早年的槐花香。树有年轮，人有生命线，当掌心生出纠缠错落的纹路，谁还记得每一条是为谁而生。再见时，微笑着说声"你好吗？"离别时，挥手道声珍重，不相见，此生便是陌生人。不是你我太无情，实在是相遇太早，敌不过流水，赛不过时间。

枕着诗入眠，把岁月的风尘洗卸在诗人的笔墨中，把相遇与别离的乐与痛化为流水，淌入这方盛着光阴的砚台。饱蘸诗情，笔触浓淡，书罢了然。

于笔墨间找寻逝去的如水流年。

谁曾忆，上阳白发人

当追光灯洒在杨贵妃身上时，人们只能看到历史前台的这个明星，她为杨家带来了荣耀与权力，所以天下父母从此开始希望生女孩，加官晋爵，光宗耀祖，一朝得宠便是唾手可得的风光。她的"神话"令人眼光缭乱，误以为这就是每个女孩子的命运。

历史是一个舞台，有闪烁的聚光灯，美丽的女主角，也一定会有很多龙套演员。在短暂的一生中，有人只有一两句台词，而有人连出场的机会都没有。她们终身都在为自己的亮相而准备，但年复一年，妆容已老，大幕却不曾拉开。她们甚至连舞台的大小都还没有见过，就被告知演出已经结束，观众已经散场。在这场表演中，人们只记住了"三千宠爱于一身"的杨贵妃。她靓绝六宫粉黛，举手投足间都是大唐的富贵与丰盈。却很少有人想起，那三千佳丽，将如何寂寞并幽怨地度此残生。

> 上阳人，红颜暗老白发新。
>
> 绿衣监使守宫门，一闭上阳多少春。
>
> 玄宗末岁初选入，入时十六今六十。
>
> 同时采择百余人，零落年深残此身。
>
> 白居易《上阳白发人》（节选）

白居易作这首诗的时候，旁边加了小序，说是杨贵妃专宠后，后宫就再也没有人能够受到皇上的宠幸。但凡长得有几分姿色的妃嫔和宫女，都被送往别处幽居。"上阳宫"便是其中之一。白居易以老宫女的口吻解说上阳宫中的生活，字字寂寞、句句幽怨，如泣如诉，饱含岁月的血泪和辛酸。

红颜渐渐苍老，白发不断增多，入宫的时候仅仅十六岁，现在已经六十岁了。当年一起进宫的百余人，现在都逐渐凋零，在寂寞的深宫，只剩下我独自一个人。宫门被重重关上，寂寥的岁月无边无际。上阳宫并不是轻歌曼舞、欢声笑语的华美宫殿，而是一座禁锢青春、绞杀热情和希望的坟墓，是一座无情无义、无声无息的监牢。

在这首诗的结尾，上阳人说，现在我的年龄是宫中最大的了，皇帝恩典我，赐我为"女尚书"。但这空空的头衔对"我"来说，又有什么用？"我"依然还是穿着"小头鞋""窄衣服"的过时的女人，根本不知道外面已经流行宽袍大袖了。外面的人看不到也就罢了，要是真的看到了，一定会笑话我的，因为我现在的装束还是天宝末年的打扮。

今日宫中年最老，大家遥赐尚书号。

小头鞋履窄衣裳，青黛点眉眉细长。

外人不见见应笑，天宝末年时世妆。

白居易《上阳白发人》（节选）

身为一个落伍者，她被人淘汰的岂止是衣着服饰，还有那四十年的青春、梦想和流年。面对无可挽回的明眸皓齿，上阳人并没有因为自己的不合时宜而羞涩，相反，她还自我嘲笑了一番。可是在这嘲笑中，似乎又带着深深的苦痛与悲愤。王夫之说，"以乐景写哀，以哀景写乐，一倍增其哀乐"。含泪的微笑、隐忍不发的情绪，才容易深深地把人感染。

三千佳丽，被深锁在上阳宫中，没有君王的召见，也无法与家人团圆。风霜雪雨，她们就这样不声不响地凋落，听凭命运的"清场"。就像一场繁华的春梦，未及沉浸其中，已经了无痕迹。空留下白发宫女，人老珠黄，在寂寞的日子里，倾听岁月的怀想。

寥落古行宫，宫花寂寞红。

白头宫女在，闲坐说玄宗。

元稹《行宫》

元稹的这首《行宫》和白居易的诗有着相似的内涵，也有共同的艺术指向和效果。"寥落""寂寞""闲坐"三个词，有白发宫女对岁月的感触，也有历史的变迁与伤怀。她们回忆天宝旧事，说玄宗却不说玄宗的是非对错，令人不胜感慨。弱水三千，只取一瓢饮；佳丽三千，只专宠一人。青春都是一样的光鲜，却未必能够绽放自己的光彩。

"枯木逢春犹可发，人无两度少年时。"寒来暑往中，见宫花年年火红，而宫女们的黑发却日渐雪白。满怀希望入宫来，不料却被安置在上阳宫，除了遥想贵妃的丰腴，玄宗的恩宠，留在心里的记忆还能剩下什么呢？她们只能寂寞地打发时光，而时光又因为寂寞显得无比漫长。

　　　　银烛秋光冷画屏，轻罗小扇扑流萤。

　　　　天阶夜色凉如水，坐看牵牛织女星。

杜牧《秋夕》

　　杜牧的这首《秋夕》同样描绘了一幅深宫图景。白色的烛光让屏风上的画面更添幽冷，深深的夜色清凉如水，坐在这一片月光中，看着牵牛织女星，举着团扇的宫女正兴味盎然地扑打着"流萤"。古人说腐烂的草容易化成流萤，而宫女居住的庭院却有飞来飞去的流萤，足见其荒凉。团扇本是夏天用来纳凉的，到了秋天，气候寒冷，扇子也就没有用了。所以，秋天的扇子常常用来比喻弃妇。而宫中的夜色与人情一样薄凉，宫女们只能凭借扑流萤来解闷。日子太漫长了，千篇一律的都是寂寞，甚至可以望见人生的尽头，也是寂寞堆砌的时光。

　　更为不幸的是，有的上阳宫人并不是天生就没有亲近皇帝的机会，而是受了宠幸后又遭遗弃。对她们来说，这日子就比普通宫女更加难熬。玄宗曾经宠爱的梅妃就遭遇了这样的尴尬。当年，玄宗受了杨贵妃的挑唆，将梅妃江采苹发往上阳宫居住。相传，梅妃因忍受不住上阳宫的清冷，便写了一首《楼东赋》送给玄宗。玄宗看后心有所动，但怕杨贵妃生气，所以只偷偷地送去了些珍珠。梅妃大失所望，将珍珠退还，并增诗一首：

　　　　柳叶双眉久不描，残妆和泪污红绡。

　　　　长门尽日无梳洗，何必珍珠慰寂寥。

江采苹《一谢赐珍珠》

　　从此，上阳宫中的梅妃再也不是玄宗的心上人，她和无数的白发宫女一样懒于画眉梳妆，孤独、寂寞地生活在冷宫中。安史之乱的时候，唐玄宗顾不上带走梅妃，便匆匆逃跑。有人说，梅妃被安禄山的士兵乱刀砍死；也有人说，她为保贞节，投井自尽。而那被玄宗带走的杨贵妃也终于还是死在了马嵬坡前。红颜薄命，大抵如此！

唐玄宗当年亡命天涯,后人只能在零星的资料中,读到这些宠妃们的结局,却无法猜测那深锁在上阳宫里的三千佳丽,魂归何处,逃往何方?但是,无论哪种结局,能够冲散那紧闭的宫门,逃出这幽闭的监牢,对于她们来说,都是一种解脱吧,总比闷死在寂寞的时光中要痛快得多!

人世无常,只在一片夕阳

在中国传统的感情中,人们对清晨的喜爱要胜过黄昏,对春天的喜爱胜过秋天。因为"一日之计在于晨,一年之计在于春。"晨与春都象征一种开始,唯有欣欣向荣的时光才能带给人希望,催促人奋进。所以,那些送别、离愁多是在秋雨迷蒙的傍晚,似乎也只有这样的落幕,才能将时光交错,人世无常都融解在一片夕阳之中。

> 昔人已乘黄鹤去,此地空余黄鹤楼。
> 黄鹤一去不复返,白云千载空悠悠。
> 晴川历历汉阳树,芳草萋萋鹦鹉洲。
> 日暮乡关何处是,烟波江上使人愁。

崔颢《黄鹤楼》

这首诗的大意是:曾经的仙人已经驾鹤远逝,这里只留下一座空空的黄鹤楼。黄鹤飞去后便再也没有回来,千百年来,只有朵朵白云依旧在楼前荡漾、飘浮。汉阳的树木在阳光下清晰可见,鹦鹉洲上,草木也无比丰盛。在这暮色降临的时候,我举目远眺,何处是我故乡?江上,烟波荡漾,我无尽的愁绪随着这片暮霭弥散其中。

崔颢的《黄鹤楼》历来被尊为唐诗七律之首。相传,有一次李白来到黄鹤楼想要题诗,结果看到这首诗后十分佩服。珠玉在前,不得不暂时搁笔。当然,这只是传闻,却足以说明这首诗渲染的感情,真实丰富,影响深远。在这片夕阳山色之中,景虽美,却依然抵不住对故乡的思念。"树高千丈叶落归根",这是传统文人的家园理想。

而此时，傍晚的余晖拉长了诗人的愁绪，白云悠悠，人生有限，无限苍凉尽收笔底，波浪壮阔时，很难分清这究竟是因为黄昏的惆怅还是故乡的渺茫。时光，在这昏黄的落日中，成了心底最深的烙印。

早晨是一天的开始，黄昏是一天的结束。在这晨昏之间，数不清的是似水流年。建功立业的人，告老还乡的人，打算一展雄才伟略的人，都在黄昏时分反思自我与人生。

> 山石荦确行径微，黄昏到寺蝙蝠飞。
>
> ……
>
> 铺床拂席置羹饭，疏粝亦足饱我饥。
>
> 夜深静卧百虫绝，清月出岭光入扉。
>
> ……
>
> 人生如此自可乐，岂必局束为人靰。
>
> 嗟哉吾党二三子，安得至老不更归。
>
> 韩愈《山石》（节选）

山石料峭，山路狭窄，黄昏的时候来到寺庙，发现庙里有蝙蝠乱飞。僧人为自己准备好床铺和饭食，饭菜虽然粗粝，但足以填饱肚子。夜深的时候，静静地躺在寺庙中，万籁俱寂，连小虫的低鸣也听不到了，明月爬上了山头，清辉通过窗户水银般洒落在地上。随后，韩愈描写了清晨的美景，然后感叹，人生之事能够自得其乐就好，何必要受制于他人呢？我的那几个朋友，怎么已经年老却还不返乡呢？

韩愈这首诗从黄昏写起，写到深夜的寂静，清新的黎明。这与其他诗人常常从清晨起笔，看朝阳绚烂，观夕阳伤感大有不同。在韩愈的诗中，能够果腹、蔽体，便知足常乐，根本不用理会晨昏的区别。高尔基也曾说："世界上最长而又最短，最快而又最慢，最平凡而又最珍贵，最易忽视而最令人后悔的就是时间。"时间每分每秒都是一样的宝贵，"晨与昏"不过是人们用来计时的标准，"昏睡晨醒"也是轮回的一种，又何必太在意此刻是日出还是日暮！含着对生活的激情，无论清晨还是黄昏，都同样可以获得快乐与美感。

　　一道残阳铺水中，半江瑟瑟半江红。

　　可怜九月初三夜，露似真珠月似弓。

白居易《暮江吟》

　　白居易说，一道残阳铺洒在水面之上，波光粼粼的晃动下，一半是碧绿，一半是火红。最惹人怜爱的是这九月初三的月亮，月色下滴滴清露就像颗颗晶亮的珍珠，而那弯弯的月亮就像一张精巧的弓。恐怕再也没有人能把夕阳的美景写得如此安详。有人说李商隐吟诵"只是近黄昏"，有仕途不顺的抱慨。但白居易同样遭遇政治立场的"牛李党争"，他请求外放后，欣然自得，写下如此淡定的篇章。可见，同样的黄昏也可以品咂出不同的况味，同样的夕阳，也可以装扮出不同的人生。所谓"人到中年万事休"不过是一句安于现状的托词。只要想改变，人生随时都可以。

　　曾经有个关于两位女性的"黄昏"的故事。她们都是年过六旬的老太太，却在儿女们上了大学、结婚成家后，做出"反常"的举动。年少守寡的那个人，终于决定与多年前的恋人结婚，重新披上婚纱，争取自己的幸福，完成一生的梦想。另一个因为不愿再忍受丈夫的坏脾气，毅然决定和丈夫离婚，重新开始自己的生活。两个老太太的经历都引来了各种非议。守寡一生为什么不能守住最后的贞节，维持了一辈子的婚姻为什么不能再将就几年，都是六十几岁的人了，还折腾什么？但认真想想，其实她们做得都对：一个为爱而结了婚，一个因为不爱而离了婚。黄昏的决定，修正了她们一生的错误。无论是谁，也不管在什么时候，只要愿意，都可以随时改变自己，订正人生的失误，享受生活的幸福。

　　晚年的幸福其实一样绚烂，如陈年美酒，在历尽生活的辛酸后，更有别样的甘甜。就像夕阳晚照，虽然余热不多，但也同样可以拥有醉人的身影，投递出自己的浪漫。人无两度少年时，但夕阳的火红不也是一生仅有的一次吗？

盛世山水一场梦

有关秦淮的记忆,是一些诗句的散乱碎片。仿佛是昨夜刚刚读罢的一部书简,然后再次捧起温读却仍然恍若隔世。"江南有我许多的表妹,而我只能采其中的一朵",诗人的话,真让人怦然心动。

山围故国周遭在,潮打空城寂寞回。

淮水东边旧时月,夜深还过女墙来。

刘禹锡《石头城》

这是唐诗里的秦淮河,是刘禹锡笔下的淮水。

唐诗里的秦淮河繁华并且寂寞,岁月如歌,悠悠秦淮,伤感是岸。远山还是那群远山,时光和潮水一起冲刷着古老的城池,多少诗人在不同的城池里做着相同的梦,而有多少梦里有着诗人魂牵梦绕的秦淮河。

是年,唐朝开始走向没落,朝堂上党羽之争越发严重,宦官当权已成风气,藩镇割据势力回温,种种的种种让太多有着忧国忧民之心的文人叹足了气、操碎了心。刘禹锡也位列其中,这位桀骜不驯被人戏称为"倔驴"的诗人此时也一筹莫展。他在墙垛下低着头反反复复踱着步,周围寂寥无人,只能听见淮水拍打城墙的声音,皎洁的月光旁若无人地照耀着每一块石砖,无私地点亮着城墙里头。刘禹锡不禁心中郁结:这潮水这月光也曾光顾过六朝的大门,看过它们的繁盛和落寞,如今又要看我大唐的笑话了!想到这里,诗人心头一痛,摇摇头离去。脉脉秦淮,铮铮金陵,见证了六朝更迭;车水马龙,纸醉金迷,见证了千古帝王的笑容和眼泪,也见证了大唐历尽风雨的起伏命运。而这诗,和淮水明月一样,都是历史的冷眼,静静地看着。

余秋雨先生读罢此诗说:"人称此诗得力于怀古,我说天下怀古诗文多矣,刘禹锡独擅其胜,在于营造了一个空静之境。惟此空静之境，才使怀古的情怀上天入地，没有边界。"

无论古人还是今人，不可否认的是，多数中国人都喜欢回忆，骨子里的念旧可以生发出一种情感：越是即将失去的，越发珍惜。

盛世的山山水水，却常常入不了诗人的眼，往往在易代换主之时，才有那么多的诗人从祖国的河山中看到自己的依恋。王尔德说得多好：如果不是担心会失去，大概我们还会放弃更多的东西。

放弃了也好，伤怀也罢，淮水还是那个淮水，一如既往地向远方奔去，把故事和历史都远远地抛在了脑后，徒留下诗人在岸边惘然。

> 烟笼寒水月笼沙，夜泊秦淮近酒家。
> 商女不知亡国恨，隔江犹唱后庭花。
>
> 杜牧《泊秦淮》

这是杜牧笔下的秦淮河，盛唐过后，只有在秦淮河，诗人才把兴国兴邦的担子放到了女子薄弱的肩膀之上。杜牧这天夜里乘船停靠在淮水畔，此时的大唐已每况愈下，虽距朝代更迭还有几十年，但敏感的诗人已经嗅到了一个时代消失的伤感。正在惆怅的杜牧此时却听见两岸的酒家里传来歌女的歌声，唱的正是陈后主的《玉树后庭花》。

南朝最后一个皇帝陈叔宝沉湎声色，他在后庭摆宴时，一定要叫上一些舞文弄墨的臣子，与贵妃及宫女调情。然后让文人作诗与曲，让宫人们一遍遍演唱，《玉树后庭花》是当时典型的宫体诗。南朝陈最终被隋朝灭掉，因此，《玉树后庭花》理所当然地被称为"亡国之音"。

联想到唐朝的岌岌可危，烦乱的杜牧只得将罪责落在了不懂政治和历史的歌女身上。但可怜的歌女和可悲的诗人又有谁能懂他们的心情呢？只有身边沉默的淮水，载着历史的幽怨，趁着月夜东流，汩汩的好似一首呜咽的歌。

秦淮河每天都在这里，流淌着，守护着岸边的子民，无论是前代还是此朝，太多伤感的故事被记下，却没有留下名字。只有那些诗句中记录的发生在秦淮河上的事，让后人读起来唏嘘不已。

这一天，卖花的姑娘照例从画舫经过，用她一贯的温软细语喊道：卖花，卖花。新摘的花儿在阳光下格外娇艳，露珠点点在花瓣上闪烁，晨光下仿佛是珍珠般的泪。

"咯吱——"一声悠然的响声，画舫的窗子被推开，小姐的头探了出来。

"都有什么花？"

"除了水里的荷花呀，全都有！"卖花姑娘指着河里的荷花独自咯咯地笑起来。桥下的流水潺潺，民家的乌篷船在桥下静静地泊着。卖花姑娘心情大好，立在桥边等生意，不由得哼起歌来：约郎约到时日出时，等郎等到时月偏西……

楼上的小姐在这时走下画舫，小姐是来买花的，可听了这样的歌唱，竟是久久无语。

有时候，别人的一句话足以让往事前尘回到眼前。

后来，庵堂就是秦淮河上的这个小姐的家了。往事如烟，一颗菩提的种子落到凡尘，结束了人间一段好姻缘，增加了一个虔诚的信徒。这是宿命，是秦淮河里的又一种伤感。

这是冯梦龙笔下的秦淮河，殊不知两个朝代之前，这河上的明月也曾照过伤怀的刘禹锡，诗人也曾在同一片城堞下踱着步子，抬头望着明月，吟着有关秦淮河的一首诗，做着有关古今的一场梦。

"楼台一望凄迷。算到底、空争是非。"人世间的是是非非纷纷扰扰，参不透的永远是当事人。古今多少功过兴衰、情深缘浅，透过眼前的迷雾仍难看清。诗人或作家们在秦淮河中寻找灵感，直至世代更迭、人情散尽，古代的早已过去，当下的仍未过期。或者像刘禹锡一样对着冷月空城独自伤怀，或者像杜牧将所有的怨恨发泄到一个不相干的对象身上，又或者像冯梦龙笔下的小姐将宿命寄托在佛陀身上。所有的意义都不过是因了念旧，旧时王谢堂前的燕子不经意间又飞入了谁的窗子，惹了一地的留恋和惋惜。

而秦淮的生命远比每一个独立的生命个体长得多。当现在成为往事，一切的新又变成了旧，让后来人继续怀念、伤感，因果相生，永远轮回。

秦淮河就是这轮回的联结点，带着古今的大城小事，奔向下一个时代，奔向诗人的梦中。

宇宙的琴弦

一首诗，引领诗歌走向了一个新的时代；一个人，创造了一种新气象。从张若虚这里开始，诗步入了初唐，开始了一个不平凡的历程，张若虚自己，却是一个名不见经传的神秘人物。关于他的生平，除了两首诗，几乎再没有留下半点痕迹，后人也只能从这曲神秘的"以孤篇压倒全唐"的《春江花月夜》里去暗自揣测他的经历和一生。

> 春江潮水连海平，海上明月共潮生。
> 滟滟随波千万里，何处春江无月明？
> 江流宛转绕芳甸，月照花林皆似霰。
> 空里流霜不觉飞，汀上白沙看不见。
> 江天一色无纤尘，皎皎空中孤月轮。
> 江畔何人初见月？江月何年初照人？
> 人生代代无穷已，江月年年只相似。
> 不知江月待何人，但见长江送流水。
> 白云一片去悠悠，青枫浦上不胜愁。
> 谁家今夜扁舟子？何处相思明月楼？
> 可怜楼上月徘徊，应照离人妆镜台。
> 玉户帘中卷不去，捣衣砧上拂还来。
> 此时相望不相闻，愿逐月华流照君。

鸿雁长飞光不度，鱼龙潜跃水成文。

昨夜闲潭梦落花，可怜春半不还家。

江水流春去欲尽，江潭落月复西斜。

斜月沉沉藏海雾，碣石潇湘无限路。

不知乘月几人归，落花摇情满江树。

张若虚《春江花月夜》

被雪藏了百年的张若虚因这首诗名动后世，它突破了六朝宫体诗的艳情奢靡，为唐诗盛况的来临打下了最初的根基。

春、花、月、夜，单看这四字，就已美感连连了。一轮皓月，照着古今离人，亘古不变地东升西落，却给张若虚带来了别样的思考：不再是建安时期"惊风飘白日，光景驰西流"对岁月流逝的无奈，而是带来了"江畔何人初见月，江月何年初照人"人生宇宙的轮回感叹。

春江之畔，多少人在朗月之下，一代一代不停更迭。月色下迭出春江夜色，春江夜色中迭出个初唐胜景。人生便如此，多少柔情万种，多少凄美多情，在这如水般月华下，更迭着，反复更迭着。

人生百年，急驰而过；唯有江月，淡泊尘埃，千古不变。

月是寂寞的，却也因这寂寞而永永远远地存在于宇宙之中。想必张若虚一定是了解这江月的。

几米在他的《月亮忘记了》中说：

看不见的，是不是就等于不存在？

记住的，是不是永远不会消失？

每一个黄昏过后，大家焦虑地等待，却再也没有等到月亮升起。

潮水慢慢平静下来，海洋凝固成一面漆黑的水镜，没有月亮的夜晚，世界变得清冷幽寂。但是，最深的黑夜即将过去，月亮出来了……

这本书讲的是人类本初固有的寂寞感，一个小男孩与月亮相伴的故事。人类对月亮的依赖其实是对自身的不自信，故事中的孩童如此，张若虚也如此。

如此甚好，不必再去管月的阴晴圆缺，但诗人总是叹着人生短暂，慨叹还没有完成此生的理想就早早夭折。月亮似乎就这样被诗人妒忌着，一代一代，映照着世人却也背负了太多的怨恨和无名的妒羡。反过来想想，还好人生短暂，春花秋月只剩珍惜。如若时光被拉长，一个百年又一个百年，看腻了这世间大好景色，怨光阴遥远，恨不能长眠，如此相比，岂不是短暂的人生更让人留恋？

凄冷的月到底有多少谜，让诗人们好生迷恋？"人生自是有情痴，此恨不关风与月"，欧阳修一语道破多少诗人心中羞涩的秘密。在此景面前，张若虚也逃脱不过。"谁家今夜扁舟子，何处相思明月楼"一句，写出了诗人的心声。再美的风光景色，也不过是思念的铺垫罢了，只是诗人没有再多说一句，没有告诉世人他念的是哪家的良人，让他"相望不相闻""愿逐月华流照君"，爱情恰似这轮江月也有圆缺，该拿什么延续爱情到永远？命运那只翻云覆雨的大手，捉弄了多少人，推倒了多少泪落的离人。

爱情也如人生，短暂而倍显珍贵。多少诗人为红颜折腰，而红颜最终也为这人事折腰断念。《春江花月夜》是诗，更是曲，是一曲为心爱的人演奏的情曲，也是一首对爱情缥缈无依的离曲：想留不能留才最寂寞，没说完温柔只剩离歌。身陷爱情中的人都渴望永恒，并不遗余力地为之努力着，可是爱一个人是寂寞的，无论对方是否回应，都始终是一个人的事。寂寞得如这当空的明月，不待任何人。

南唐李后主颇能理解张若虚的心，同样的月光照着同样难言的爱情：

无言独上西楼，月如钩，寂寞梧桐深院，锁清秋。

李煜《相见欢》（节选）

　　不同的是，张若虚身处初唐，怀着人类童年时期的天真与浪漫，任性地做着人生的梦，憧憬着爱情，在无限美好中陶醉翩跹；而后主李煜却是尝尽了世间冷暖，爱恨盈缺，方知人世莫测，如月色一般冷酷无情。这种孤独之感，并不是文人专有，暮年的爱因斯坦在他的《我的世界观》中亦说："我实在是一个孤独的旅客。"这种孤独恐怕是任何公式和算数都无法求解的。世间还有多少人为此煎熬，落得个寂寞半生。

　　张若虚的寂寞无处不在，诗中的几个问句吐露了玄机，"江畔何人初见月？江月何年初照人？"乍一看以为是屈原的遗迹，语气间满溢着《天问》的姿态，不过屈大夫是问天问地，问的是天下，而张若虚是问月问人，问的是自己。人生短暂，很难说到底哪里才是不朽的归属。

　　诗人的追问始终没有得到回答，于是只有重归春景，看看闲潭落花，赏赏落月西斜，留待后人解答。没想到，这一句无心的"江水流春去欲尽，江潭落月复西斜"正是最好的解答。

　　日复一日终成永恒，宇宙的每一颗尘埃都有去处，来日化成一种新气象。形式千般变化，月还是那个月，水依然奔腾。人生便在这反复的变化中永远前进，直至永恒。

　　月可落，花可无，春可尽，情却不可无。未知身死处，何能两相完。诗人在春夜月下一语成谶，正如闻一多所说："这是更迥绝的宇宙意识！一个更深沉，更寥廓，更宁静的境界！"

　　在这孤寂的夜里，一切都定格成永恒。

卷四　寻梦云水间

于山水中，看见山水。于山水中，看见自己。于是，山山水水欢欢喜喜凄凄凉凉，便都化作了一颗心。这心中便也有了偌大的天地乾坤，也有了渺小的孤独个人。

孤独的垂钓者

孤独，是人类最原始的情感。太多的诗人在晚年选择独自乐山好水了此残生，山水之间似乎有太多让诗人向往的乐趣。陶渊明爱桃花源、王维爱终南山、李白云游四方不羁放浪，纵使世事百般辗转，也终不改他们悠游山水的意愿，于是就诞生了一首首山水诗作。

每一首诗的背后都有一位孤独的诗人，每一位诗人背后都有一段孤独的故事，或遭受谗言，或故国不再，抑或仕途不顺。每一位诗人归隐前都有着轰轰烈烈的理想，理想无望时，他们恋恋不舍地回归山水、回归田园，在自己的一方乐土中与孤独做伴。

> 千山鸟飞绝，万径人踪灭。
>
> 孤舟蓑笠翁，独钓寒江雪。
>
> 柳宗元《江雪》

一幅中国画般水墨点染的"雪中孤翁垂钓图"在眼前缓缓展开，千山万径连一只鸟一个人的踪迹都不见，只有一个身披破旧蓑衣头戴笠的老翁乘着一叶孤舟而来，独坐寒江边，在茫茫大雪中垂钓。这位孤独的老人就是唐宋八大家之一的柳宗元。

这首影响后世的诗作惹来了很多争议，因为它颠覆了山水诗给人一贯的流水葱茏的印象，构造了一幅孤寂寒冷的冬季雪景。有人争论柳宗元在隆冬垂钓能钓到什么，是鱼还是雪？其实都不然，柳宗元在渺无人烟的寒江边钓的不是鱼也不是雪，是寂寞。

　　唐代的大诗人中绝句写得好的有很多，写山水的绝句作得好的，柳宗元肯定是其中一个；唐代的大诗人中时运不济的有很多，当官被贬最软弱的，恐怕柳宗元也是当中的一个。

　　柳宗元并不是一生都不被重用才自暴自弃成了一个以钓鱼为乐的老翁。他三十岁前后那几年，曾是政治界一颗冉冉新星，他并没有对"公务员"的工作沾沾自喜，而是愿意和百姓在一起。

　　被贬永州使柳宗元命运开始转折，注意力才开始转向山水，借山水一发内心的幽怨，他大部分悲情的诗作也创作于此时。"只应西涧水，寂寞但垂纶。"他的寂寞在于理想受挫，政治上的压迫；他的寂寞也在于不移白首的一片冰心被淹没与淡忘。于是只好孤独垂钓，钓上来的是雪，钓不上来的是官场的繁华。

　　　　渔翁夜傍西岩宿，晓汲清湘燃楚竹。

　　　　烟销日出不见人，欸乃一声山水绿。

　　　　回看天际下中流，岩上无心云相逐。

柳宗元《渔翁》

　　傍晚，渔翁把船停泊在西山下息宿；拂晓，他汲起湘江清水又燃起楚竹。烟消云散旭日初升，不见他的人影；听得欸乃一声橹响，忽见山清水秀。回身一看，他已驾舟行至天际中流；山岩顶上，只有无心白云相互追逐。

　　柳宗元在永州放情山水，或行歌坐钓，或涉足田园，生活恬淡。其实他心底仍然充满了悲伤，充满了不平。他本身是一个蓬勃热情、不甘寂寞的人，但他长期过着萧散的谪居闲适生活，处于政治上被隔绝扼杀的状态，生活的寂寞与感情的热烈、现实的孤独斗争与远大的理想使柳宗元陷入深深的矛盾。他所写出的山水诗也就带着深沉、委屈的格调，苏轼评价柳宗元的诗说："发纤浓于简古，寄至味于淡泊。"

　　此时再回头看《江雪》，不知柳宗元是有意为之还是偶然，将每句首字摘下，竟是"千万孤独"的藏头诗，越读越清冷，越看越沉重！但他仍在寒江独钓中苦苦支撑，也在静静地坚守着内心的理想，这种独钓寒江的峻洁山水情怀，直至他老去都在默默地守护着。

当一个人只能听见自己灵魂的声音，当脆弱的心跳都掷地有声，当过尽千帆皆不是，唯有归隐山林，于斜晖脉脉水悠悠中寻找无法在现实中实现的理想。与自然相伴，没有势利没有圆滑，有的只是一个人的独坐，淡忘过去的感情，用自然之雪雨涤荡被世事污染的心灵。

相比来说，王维就更加释然也更聪明一些，也更能意在山水、心存豁达。

　　空山新雨后，天气晚来秋。明月松间照，清泉石上流。
　　竹喧归浣女，莲动下渔舟。随意春芳歇，王孙自可留。

王维《山居秋暝》

一样是山山水水，这首五言律诗于诗情画意的明媚山水之中寄托了王维高洁的情怀，少了的是柳宗元的点点悲情。

王维不是没有理想，明月只在松间照，清石上才流得清泉，对浣女和渔舟的向往正是对官场黑暗的厌倦。表面上是赋的手法，实际通篇都是比兴，山水的高洁正是诗人人格高洁的象征。在功名利禄中摸爬滚打了一番之后，还是要一个人享受清寂，甘于孤独。山水不过是寄存理想的保险箱，你去那里找一找，总会找出一丝安慰和希望，因为寄存者不是别人，而是诗人自我的心灵。所以不要小看唐诗中这些貌似没有情感成分的山水诗，正所谓"笔笔眼前小景，笔笔天外奇情"。

水，流动就是命运；山，固守就是过往。自然山水雨露的恬淡方能涤去内心的污浊秽物，倘若冰炭难置的心事，终成不眠。一盏灯，一杯茶，喜笑悲哀镂入烟茗，谈一谈山高水远，笑一笑历尽千帆，微带一丝劫余的慰藉，就像命运中难得一场风雨。艾略特的诗句如是说："请往下再走，直下到，那永远孤寂的世界里去。"

无论古今，总有太多纷扰不尽如人意，无法释怀，醉心于争名夺利，往往徒劳而归。不妨给心灵做一次原始的按摩，或寄情山水，或回归自然。山花烂漫也好，寒江独钓也罢，都只为内心的宁静，与世无争。乔治·桑塔耶纳说："自然的景象是神奇而且迷人的，它充满了沉重的悲哀和巨大的慰藉，它交还我们身为大地之子与生俱有的权利，它使我们归化于人间。"

不如，归去

> 寂寂竟何待，朝朝空自归。
> 欲寻芳草去，惜与故人违。
> 当路谁相假，知音世所稀。
> 只应守寂寞，还掩故园扉。

孟浩然《留别王维》

浅浅读罢，这是唐诗中很寻常的一首告别诗；细细玩味，才发觉诗中透露着归隐的意愿。这是孟浩然留下的眷恋，给友人王维，更给没有给他偏爱的朝堂。

"寂寂竟何待，朝朝空自归"给许多怀有相似心灵的人带来了很大认同感，无论谁得不到认可和欣赏时想起这两句来，都会心有所感，或者想起自己的某段岁月来。"欲寻芳草去"一句露出了端倪。诗人开始有了归隐的动机，但又有些不舍，原因就是"惜与故人违"。"知音世所稀"一语双关：既对好友王维表示难舍，也是暗中叹息世上没有慧眼看到我孟浩然的才华啊！不如寂寞地守望，轻轻地掩上家园的柴扉。门，悄悄地关上了。

这一关，关上了所有对入仕的希冀与钟情。

出身于书香门第之家的孟浩然，中规中矩，考取功名吃朝廷俸禄是一家人都认为理应如此的事情，他自己也觉得应该走这样的路。但人到中年一直隐居在涧南园，过着性情山水的生活，迟迟没有参加科举。

四十岁这年，孟浩然终于动身进京赶考，这一路他结交了一批诗人，常赋诗作会，也因此声名大噪。连当时已为官的王维、张九龄等诗人也想见一见这位才子。当地郡守韩朝宗向众高官宣扬了孟浩然的才华，再和他约好时日与众官员诗人相见。

约定的日子很快到了，这天，孟浩然正与一群朋友喝酒作诗，俨然忘记了和韩公的约定。有好心的人提醒他说，你与韩公有约在先，还是快去赴约以免怠慢了那些官员吧。孟浩然笑笑摇头，举杯饮尽一杯酒后说，我与大家一起喝酒作诗好不快活，其他的事都先放在一边吧！就这样，一个求仕的机会在眼前溜掉了。事后，他自己并没有半点后悔，不知是诗人对自己的才学十分自信，还是仕途在他心中真如过眼云烟。

虽然机会失去了，但是孟浩然还是有缘与王维结交，他们的友谊有增无减，二人并称为唐代山水田园诗里的夺目双子星。

不知是天遂人愿还是天妒英才。发榜这天，孟浩然信心百倍地去看榜，结果却名落孙山。原本在家隐居多年的孟浩然对功名本没有太大兴趣，只是这数月在京，能为诗文的大名声已被远远传了出去。最后落了个榜上无名，让孟浩然心中愤愤不平，想上书给皇帝又徘徊不定，矛盾的心绪之下，感慨良多，作下了一首不平诗：

北阙休上书，南山归敝庐。

不才明主弃，多病故人疏。

白发催年老，青阳逼岁除。

永怀愁不寐，松月夜窗虚。

孟浩然《岁暮归南山》

诗中既有"不才明主弃"的不平不服，也真有了"南山归敝庐"的归隐之心。想来也真是让人痛心：半生与世无争，坐享山水的孤寂，临老不想再让家人失望，也就此证明一下自己，却失望而归。希望越高，失望也越大。四十岁的孟浩然从未觉得自己有多老，而这一刻，他才看见自己已成白发，岁月无多。这样的心情更加矛盾了：岁月相逼，再不入仕得功名，恐怕机会越来越少了；已生白发，不如与世无争，回归南山，一个人月夜怀愁去罢了！

仕与隐，其实是一个普遍困扰着古代知识分子的问题，几乎所有文人都在心里问过自己这个问题。但大多数人的归隐是因为朝廷的昏庸或不同党羽之间的排挤，而此时的孟浩然心里考量的是身与心不能同步的问题。

孔子说："道不行，乘桴浮于海。"孟子也说："穷则独善其身，达则兼善天下。"而独善其身的确是在乱世自保的好方法，归隐的文人大多出于此目的而回归田园，不是真的舍得放弃那一袭官袍。此时的孟浩然，进与退之间，只有一步之遥，这一步却那么难以迈出。想找朋友倾诉，一不小心却写成了诀别诗，此诗一出，反倒坚定了归隐的信念。

小隐隐于野，大隐隐于朝。隐逸是诗人特有的一种情怀，遁世之心背后的眷恋之情又有几人得知。一面狂唱着"众人皆醉我独醒"，一面忧国忧君忧民。仕与隐的这条分岔口，往左是帝王的垂怜、同僚的排挤、现实与理想的落差；往右是空幽的山林、物我两忘的和平、此生难以施展的抱负。这小小一步，难住了古今多少诗人、志士的心，让他们在进与退之间，举棋不定，拖沓难行。

不知是诗人伤了历史的心，还是历史伤了诗人的心。在仕与隐这条路上，孟浩然归隐了，王维归隐了，陶潜也归隐了。

从隐向仕是一种决心，并不是因为他难以抉择，而是那一段漫长的经过。

从仕向隐是一种跋涉，并不是因为他经历了千山万水，而是过程的举步维艰。

世人皆知歧路多彷徨，却没想到，进与退之间的距离，这么近，那么远。这个决心，孟浩然思忖了四十年；这次跋涉，却耗尽了他一生的时间。

门，是悄悄地掩上了，但心却给那个地方留了一道缝，长长久久，不近不远。

不如，归去。

心安处，是春暖花开时节

彼时的杜甫已经在成都浣花溪畔，建了一座草堂作为安身之地。经历了颠沛流离后，他更加珍惜这份来之不易的安定。春暖花开的时候，他的心情也变得异常轻快，来到江畔散步、赏花，并写下了这首著名的诗篇：

　　黄四娘家花满蹊，千朵万朵压枝低。

　　留连戏蝶时时舞，自在娇莺恰恰啼。

杜甫《江畔独步寻花》

杜甫的大部分诗歌，都凝结着浓重的哀愁，所以后人常觉得他"苦大仇深"。倒是这首小诗，笔调轻快流畅，一洗往日的愁怨，春天的喜悦也在字里行间不断迸发。黄四娘家的小路上开满了缤纷的花朵，千朵万朵把树枝压得很低。彩蝶在花间飞舞流连忘返，自在的黄莺在娇嫩地啼叫。在这条乡村的小路上，有繁花似锦，莺啼蝶舞，美不胜收的景色，也有愉快的心情。胡兰成也曾这样描述自己儿时的农村生活："春事烂漫到难收难管，依然简静。"只此一句，春天的意境便尽情地舒展，田园的乐趣也逐渐铺开。

　　桃红复含宿雨，柳绿更带朝烟。

　　花落家童未扫，莺啼山客犹眠。

王维《田园乐》

红红的桃花上还含着昨夜的雨露，绿色的柳条上也沾满清晨的烟雾。落花满园，家童还没来得及清扫，黄莺在清脆地啼叫，山客还在睡梦中酣眠。早春过后，低低的雾霭夹杂着氤氲的水汽，昨夜被春雨打落的花瓣散在院中。粉红的桃花，碧绿的枝条，一切都带着春天的气息，泥土的芳香。在王维的这首诗中，桃红柳绿莺啼，都如美丽的画卷般徐徐展开。寂静的清晨里滑过黄莺的欢叫，而这一切都消融在客人甜美的梦境中。乡村的早晨，凝霜含雾，带着雨后土地新翻的气息，渐渐地在空气中弥散。

很多人这样说自己："往上查三代，祖先都一样是农民。"作为农耕文明的代表，中国人似乎天生就和土地有着一种亲近。所以，很多生活在城里的人，都喜欢在放假的时候去郊外度假，既能在自然中放下平日的烦恼，也能在久违的乡村生活中寻得别样的经历和体会。所以，那些"农家院""农家菜"正是此类需求的一种满足和实现。

据说，在长城附近，也开始了这种生活的"回归"。年轻人都喜欢去登所谓的"野长城"。这样的长城通常都是在郊外，附近有农家院，可以吃农民菜园里的农家菜。当然，还可以在农民伯伯的家里住宿，睡通铺。在很长的火炕上，大家肩并肩地挤在一起，可以听抽烟的老人讲讲"过去的故事"。于今于古，这样安详的田园生活，似乎都是人们最美的期盼。

> 斜光照墟落，穷巷牛羊归。
>
> 野老念牧童，倚杖候荆扉。
>
> 雉雊麦苗秀，蚕眠桑叶稀。
>
> 田夫荷锄至，相见语依依。
>
> 即此羡闲逸，怅然吟《式微》。

王维《渭川田家》

田园生活，在夕阳晚照映红的村落里，在放牧归来的牛羊走进的小巷中。老人惦念着放牧的孩子，拄着拐杖，倚着门扉，等着他们回来。野鸡在鸣叫，吃饱了桑叶的蚕也开始渐渐休眠，荷锄归来的农夫们彼此寒暄，悠游地聊着家常。一切都被夕阳镀上了金色。诗人也在这醉人的金色中，体会到一种闲适与安详。

　　"夕阳返照桃花渡，柳絮飞来片片红"，在这美好的景致面前，诗人禁不住羡慕农村生活的悠闲与安逸，在这样的时空里，忽然想起《式微》。《式微》乃《诗经》中的名篇，"式微，式微，胡不归？"意思就是，天黑了，怎么还不回家？很多评论都说王维的这首诗表现了他的退隐精神。但纵观王维一生，他厌恶官场却又不能决然而去，所以始终过着半官半隐的生活。陶渊明说："误落尘网中，一去三十年。羁鸟恋旧林，池鱼思故渊。"开荒、守园，看似简单，其实都透着不寻常。繁华落尽，能够守着恬淡生活固然是好事；但能将这"淡而无味"的生活守到云开雾散、甘之如饴的地步，却并不是件容易事。这需要清净的思想，绝尘的灵魂。

　　而王维，站在世俗的拐角处，用佛学的理念来弥合了官与隐之间的缝隙，将田园的乐趣发挥到极致，建造了属于自己的"人间乐园"。而乡村，也因为有朴实的感情，热烈的骄阳，劳累后身体的疲惫与心灵的轻松，而受到人们的喜爱。古代如孟浩然、王维等诗人，都能将自己的情怀放置在山水田园间，呼吸自由的空气，感受生命的真实。

　　而生活在现代都市拥挤的街区里，人们似乎更需要心灵的释放、田园的乐趣。所以，在网络开始盛行的年代里，很多人都喜欢在虚拟空间经营菜园，房前种一片香草、花果；屋后养几头牛羊，鸡窝里还要买几只下蛋的芦花鸡。学者李新宇曾这样评价现代社会，"人被高高地悬在城市的高空，找不到脚踏实地的感觉"。可能正是因为这份虚空，所以才有更多的人迷恋网络，钟情于在虚拟时空构建自己的"桃花源"。

　　然而，无论是古代的山水田园，还是现代社会的虚拟空间，真正能够让人放怀自在的乐园，都只存在于自己的内心。正如林清玄先生所说的："重要的是你的心，你的心广大，书房就广大了；你的心明亮，世界就明亮了。你的心如窗，就看见了世界；你的心如镜，就观照了自我。"所谓的田园生活又何尝不是呢？游刃在官场，一样可以守住内心的宁静；纵横于江湖，同样可以心系天下苍生。寸心之间，知荣辱，可进退，就是人间最舒适的乐园。

碧水，青山，自有蓝天

　　据说，现在南方很多乡村仍然保留着中国社会传统的人际关系。只要家里有人，从最外面的一扇大门，一直到卧室的门都是敞开的。街坊邻居彼此并不设防，而且经常互相走访，今天张三家娶了媳妇，明天王五家生了小娃，消息都像长了腿一样，四处乱飞，很快就能传遍整个村落。在那遥远古老的乡村，口耳相传的都是故事，推杯换盏的都是宝贵的乡情。酒席未必丰厚，村舍也并不豪华，但就像孟浩然诗中倾诉的一样，只要能够相聚，这份默契便是心底涌起的最温暖的细流。

　　故人具鸡黍，邀我至田家。绿树村边合，青山郭外斜。

　　开轩面场圃，把酒话桑麻。待到重阳日，还来就菊花。

孟浩然《过故人庄》

　　诗的大意是，当老朋友准备好了饭菜，便邀请我到他们家做客。整个村子犹如被绿树所环抱，郊外的山上苍松翠柏，一片碧绿。打开窗子，映入眼帘的就是打谷场和菜园子，我和朋友都边喝酒，边聊着家长里短的琐事。宴罢归家，还不忘依依不舍并叮咛：等到重阳节的时候，再到这里赏菊饮酒，倾诉人生的酸甜苦辣。

　　这首诗写得很平淡，没有亭台楼阁的典雅，也没有奇花异草的神秘，甚至连山珍野味都没有，"鸡黍"说穿了也就是烧鸡和米饭。但就是在如此普通的农家小院里，孟浩然却和朋友开怀畅饮，聊着庄稼的收成、农村的生活。外面是菜园、谷场，应该还有小孩子在房前屋后跑来跑去，嬉笑欢闹。这是一幅普通的农家景象，但也因为这份朴素而显得格外动情。

　　老朋友在一起，有时候常会翻些陈芝麻烂谷子的旧事，甚至他有脚气，打呼噜、挖鼻孔也都没关系；吃得好与坏、家的贫与富也不重要，重要的只有一点，就是"聚首"。多年的情谊就这样汩汩流淌在彼此的身上，可以找到时间的倒影和剪影。小时候爬过同一座山，蹚过同一条河，在同一个池子里洗过墨……在绵长的光阴里，不断伸展的是田园的生活，也是岁月的快乐时光。所以，无论是去朋友家聚会，还是有朋友造访，都是一样的欢快、开心。

> 舍南舍北皆春水，但见群鸥日日来。
>
> 花径不曾缘客扫，蓬门今始为君开。
>
> 盘飧市远无兼味，樽酒家贫只旧醅。
>
> 肯与邻翁相对饮，隔篱呼取尽余杯。
>
> 杜甫《客至》

杜甫说，在我茅舍的南北两侧，都静静地流淌着春水，鸥群整日飞来飞去，环境幽雅静谧。我的花径已经很长时间没有清扫过了，落花无数，却并不曾有客来临。今天听说朋友要过来，紧闭的大门也将为你大开，酣畅淋漓的快意挥洒自如。等朋友来后，又可见到杜甫频频劝酒：说自己家离菜市场太远，只能吃点简单的饭菜；买不起太昂贵的酒，也就只能喝点自己酿造的酒。虽然并不阔绰，但盛情与愧疚都显得十分纯朴。估计朋友也并不介意，所以酒酣处，竟然想到与邻居那个老翁对饮，隔着篱笆，高声呼唤邻居过来一起痛饮。

这是很有意思的一个场景，大诗人在家与朋友喝酒，酒兴正浓时，竟然向隔壁的老翁高呼："我的朋友来了，你也过来一起喝酒啊！"看似江湖英雄般的意气，却出现在老成、持重的诗人杜甫身上。诗作至此戛然而止，虽然没有写到后来的欢闹，但料定一定比杜甫停笔处更为热烈，而邻里乡情也在其中得到了充分展现。

相较如今社会而言，曾经的呼朋引伴，早已是旷世绝响。在被现代社会迅速物化的时代，钢筋水泥拔地而起，楼越盖越高，房子越住越大。但是，人心越来越远。"鸡犬之声相闻，老死不相往来。"曾经被用来形容西方冷漠人情的语言，也开始逐渐用来解读自身。尤其是城市化进程的加速，高楼大厦阻挡了人们的视野，没有青山绿树的陪伴，更休提落花满园的情致。能够看到的只有不断闪烁的霓虹，还有和人心一样越来越冰冷的水泥马路。杜甫那种隔着篱笆招呼邻居饮酒的乐趣，现代人恐怕没办法再体会了。一扇扇加固的防盗门，隔开了距离，也阻断了交流。很多住在同一层楼的人们，剩下的只有一串清晰的门牌号，至于周围的邻居姓甚名谁，可能都不知道，还何谈举杯共饮。而"街坊邻居"这样的词也将随着推土机的轰鸣，而被推进历史书，风干为一页书签，作为资料去珍藏。

中国有句俗话叫"远亲不如近邻，近邻不如对门"。住得近的邻居，常常可以彼此照顾。亲戚虽好，毕竟"远水解不了近渴"，反倒是邻居，可以彼此帮助照顾小孩、老人，甚至发生危险情况的时候，在第一时间里采取应急措施。有人说，前世的五百次回眸才能换今生的一次擦肩而过，邻里乡亲，能够谈得拢，聊得来，也应该是一种缘分吧。能够像南方乡村中的人们那样，因袭古风，守着人类生存最初的乡村，静静地听大人们酒酣胸袒时回顾当年的雄壮，也是一种无比的幸福！

今天，虽然人们不用再体验"布衣暖，菜根香"的艰苦生活，也不用吃孟浩然、杜甫他们所说的粗米糙饭，但能够在这样朴素的生活理念下，守住自己对人对事的一片真诚，也算没有愧对有滋有味的人生！

守得自己，守得本真

白头何老人，蓑笠蔽其身。

避世长不仕，钓鱼清江滨。

浦沙明濯足，山月静垂纶。

寓宿湍与濑，行歌秋复春。

持竿湘岸竹，爇火芦洲薪。

绿水饭香稻，青荷包紫鳞。

于中还自乐，所欲全吾真。

而笑独醒者，临流多苦辛。

李颀《渔父歌》

渔父一直是文人骚客们喜爱自诩的形象，渔父身上往往具有他们所向往的某种品格。庄子在其文《渔父》中借孔子与渔人的对话，批斥了儒道礼乐教化的虚伪，阐发了"持守其真，还归自然"的理念；屈原在其文《渔父》中通过自己与渔人的对话，表达了洁身自好，孑然自立的决心；陶渊明在其诗序《桃花源记》中由武陵捕鱼者引领发现了一个与世隔绝的太平社会，于是，渔人成了理想社会的探险者。

在李颀的这一首《渔父歌》中，塑造了一位白发老人，他披蓑戴笠，远避尘世，独自在江边垂钓。这位老翁持的是"湘岸竹"，烧的是"芦洲薪"，煮的是"香稻饭"，食的是"紫鳞鱼"，返璞归真，怡然自得。对于诗中的老翁来说，尘世的清与浊、醉与醒，都与他无关。他只消在这清静之中静享生活便足够了。这样不问世间事的人生境界，也是那时多数文人所追求的。

在唐朝诗人中，李颀诗歌的成就并不算很高。他年少时家境富裕，结识了不少富家子弟，挥霍无度，将家底挥霍一空。转而攻读诗书，寒窗十年之后，终于及第，考中进士，做了一个新乡县尉。不过他才能有限，为官多年，一直未能升迁，仕途毫无起色。在这样的生活中，李颀写出《渔父歌》这样基调淡薄的诗歌，也不是不可以理解的。此时的李颀已经萌生了退隐之意，既然仕途眼看是一条越走越窄的道路，何苦还要执着地走下去。

不过很多时候，追求需要勇气，放弃则需要更大的勇气。如何在入与出之中做出抉择，如何在成与败面前波澜不惊，如何在得与失之间达到平衡，这是李颀那时矛盾的焦点。

不过，不管怎样，"矢志不渝，持守本真"是李颀一生都恪守的准则，在他的心中，无论过什么样的生活，都要恪守这八个字。

> 小来托身攀贵游，倾财破产无所忧。
>
> 暮拟经过石渠署，朝将出入铜龙楼。
>
> 结交杜陵轻薄子，谓言可生复可死。
>
> 一沉一浮会有时，弃我翻然如脱屣。
>
> 男儿立身须自强，十年闭户颍水阳。
>
> 业就功成见明主，击钟鼎食坐华堂。
>
> 二八蛾眉梳堕马，美酒清歌曲房下。
>
> 文昌宫中赐锦衣，长安陌上退朝归。
>
> 五陵宾从莫敢视，三省官僚揖者稀。
>
> 早知今日读书是，悔作从前任侠非。

李颀《缓歌行》

侠，既是唐人的人生追求，也是唐人的生活方式；既是唐人处事交友的原则，也是唐人精神满足的需要。侠义之风由来已久，并在盛世大唐达到顶峰。唐代文人的侠义，把功利置于首位，结交权贵以求延引，顺风顺水步入官道。李颀早年狂放激昂，倜傥不群，热衷功名，追求达贵。他和当时很多年轻人一样追随富豪游侠四处漫游，广交朋友。

可当他发觉"结交杜陵轻薄子""弃我翻然如脱屣"时，才恍然大悟"男儿立身须自强""悔作从前任侠非"。世态炎凉，人情冷暖，可以是过往云烟，但过不去的是李颀自己心里的那道坎——"业就功成见明主，击钟鼎食坐华堂"。

在唐代，才子们对进士登科是趋之若鹜的，不通过进士而做大官终不为美。李颀也不甘落后，"小来好文耻学武，世上功名不解取"。尽管及第后只做了县尉这等小官，但他对仕途仍满怀信心。可在那个门第之风盛行的时代，一介寒门士子要如何才能争取到出头之日呢？李颀清高廉洁，不会趋炎附势，更不会攀附权贵。他虽然想在官场有一番作为，但他也绝对不会为此出卖自己的良心。

那时，李颀结交了王维、王昌龄、高适等人，众人在一起不是吟诗作对，便是畅谈国事，好不惬意。但这些人都是狂狷者，无一豪门人士。他们不求贵人举荐，不屑官场习气，李颀自然也无出头之日。"惭无匹夫志，悔与名山辞"，心灰意懒的他终于放下心中的犹豫，摘下官帽，脱下官服，回归故里，隐居山间。

> 三十不官亦不娶，时人焉识道高下。
>
> 房中唯有老氏经，枥上空余少游马。
>
> 往来嵩华与函秦，放歌一曲前山春。
>
> 西林独鹤引闲步，南涧飞泉清角巾。
>
> 前年上书不得意，归卧东窗兀然醉。
>
> 诸兄相继掌青史，第五之名齐骠骑。
>
> 烹葵摘果告我行，落日夏云纵复横。
>
> 闻道谢安掩口笑，知君不免为苍生。
>
> 李颀《送刘十》

尽管李颀一向被归为边塞诗人，尽管他写出了"胡雁哀鸣夜夜飞，胡儿眼泪双双落"这等悲情豪迈的边塞诗句，尽管他从未到过边塞却时刻关注边塞，但纵观其诗作，边塞诗仅寥寥数首，反而是赠答诗占了大半。

李颀的送别诗，极少言愁说苦，极少感时伤怀，要么勉人为善，要么催人进取。"房中唯有老氏经，枥上空余少游马"，他和刘十有同样的人生经历，怀才不遇，壮志难酬。"前年上书不得意，归卧东窗兀然醉"，归隐林间也归得不乐。他隐得不甘，满心惦念的还是君王和天下，还有民事与苍生。于是，他把希望与期冀都寄托在友人身上，殷切叮咛，深情嘱托，让他实现自己未完成的理想。

其实，归隐并不意味着要抛弃过往，抛弃信念，只要守住本真，守住自我，一样可以殊途同归。

草堂每多暇，时谒山僧门。

所对但群木，终朝无一言。

我心爱流水，此地临清源。

含吐山上日，蔽亏松外村。

孤峰隔身世，百衲老寒暄。

禅户积朝雪，花龛来暮猿。

顾余守耕稼，十载隐田园。

萝篠慰春汲，岩潭恣讨论。

泄云岂知限，至道莫探元。

且愿启关锁，于焉微尚存。

李颀《无尽上人东林禅居》

李颀的归隐与东晋诗人陶渊明的归隐有极大的不同。"少无适俗韵，性本爱丘山"，陶渊明对大自然是油然而生的喜爱；"所对但群木，终朝无一言"，李颀面对花草树木却有无言的忧伤。"采菊东篱下，悠然见南山"，陶渊明将身心都融入了山野田园中，有着冲破俗世藩篱后的超脱与自在；"且愿启关锁，于焉微尚存"，李颀旁观景物，无心流连，满是不得不归，不得不隐的无奈与愤懑。全妄归真，全事即理，不必执着于归隐之道。隐就隐，不隐就不隐，一切随缘。

"我心爱流水，此地临清源。"李颀对流水的喜爱，大概源于对道家思想的偏爱。老子的《道德经》有"上善若水，水善利万物而不争"。人若能体会到水的意境，简单、深远、丰富、坚韧；若做人也如水一般，纯净、澄明、滋柔、谦卑，即使在喧闹中也能获得宁静之感，在纷扰中也能拥有淡泊之心。

矢志守真，虽难且苦，但回首仍觉可贵，回味亦觉甘美。

卷五　文人的风骨和菩提

文人，自当有一分心胸，一分情思，一分笔墨，一分诗句，一分酒气，一分茶水，一分画意，一分逍遥，一分禅修，一分风骨。

长安城中，一朵酒香青莲

中国古代文坛的一壶好酒，一半让魏晋文人就着寒食散干了，另一半被李白喝进诗里，些许化作率真，余下的遁入愁肠。

李太白好酒，一袭青衫飘逸游于世间，"兰陵美酒郁金香，玉碗盛来琥珀光"，世人送他个"诗仙"的称号。谪仙人嗜酒，小小一樽金杯里，盛下了李青莲多少心事多少愁！李白是个狂人，狂放不羁，自然也不畏权贵。从杜康以来，那么多人沉溺酒中，但大都成了酒鬼，只有李白成了酒仙。李白既是酒仙，又是诗仙，他的诗歌中始终洋溢着浓郁的酒香。

君不见黄河之水天上来，奔流到海不复回。
君不见高堂明镜悲白发，朝如青丝暮成雪。
人生得意须尽欢，莫使金樽空对月。
天生我材必有用，千金散尽还复来。
烹羊宰牛且为乐，会须一饮三百杯。
岑夫子，丹丘生，将进酒，杯莫停。
与君歌一曲，请君为我倾耳听。
钟鼓馔玉不足贵，但愿长醉不复醒。
古来圣贤皆寂寞，惟有饮者留其名。
陈王昔时宴平乐，斗酒十千恣欢谑。
主人何为言少钱，径须沽取对君酌。
五花马，千金裘，呼儿将出换美酒，与尔同销万古愁。

李白《将进酒》

这首诗作于李白离开长安之后。

不惑之年的太白应诏往长安任翰林院学士。本为布衣的他却让唐明皇李隆基"降辇步行，亲为调羹"，可见李白当时的人气。此生有一次，哪怕年逾古稀之时，甚或下辈子也足够值得宣扬了吧。连李隆基自己也感叹这个李白不简单！李白就是李白，朝堂的威严非但没有让他亦步亦趋，相反，天子的接见让这位仙人更加潇洒，喝酒赏月写诗，好不自在。酒喝多了，诗兴大发之时，管他天上地下，杨玉环也被招呼来磨墨，高力士为他脱靴！恐怕喝再多的酒，也只有李白一人敢如此狂妄洒脱。是的，之于李白，有什么值得畏惧的呢？大不了一走了之，仰天长笑倚剑天涯，任性的他就曾放语"满堂花醉三千客，一剑光寒十四州"。

天真与浪漫的理想主义让李白与朝堂的处世哲学背道而驰，最终与曾热衷的政治理想渐行渐远。他以为李隆基好比汉武帝，于是便自比司马相如。哪知道，这时的李隆基沉溺美色，执政大权落入旁人手中，孤独的李白受尽排挤。眼里揉不进一粒沙的诗人怎能逆来顺受，"安能摧眉折腰事权贵，使我不得开心颜！"于是，李白又醉了，这一醉不是累月却是经年。不甘束缚的他重又开始漂游的生活，在开封，他和好朋友对酒当歌，写出了这首千载不朽的《将进酒》。诗中，岑夫子、丹丘生都是诗人的好朋友。酒逢知己千杯少，心中的愤慨不平也唯有此时才能毫无保留地流露。

黄河水一去无回，青丝成雪实难更改。诗的发端荡气回肠，带出的却是伤感的悲叹。有人称之为"巨人式感伤"，是颇有道理的。李白的独特之处在于他没有将这悲伤继续太久，否则他就不是李白而成了李清照或秦观。他笔锋一转，纵情欢乐，"人生得意须尽欢，莫使金樽空对月"。金樽已满，烈酒入肠，强烈的自负之感和怀才不遇受尽排挤之时运，让心中的情感涌动多时喷薄而出，一声"天生我材必有用"字如洪钟，震惊了一代一代的诗人，直至今日仍余音绕梁。

欢愉是表面的，怀才不遇的心越隐藏越欲盖弥彰。"古来圣贤皆寂寞"是孤傲的李白为自己找的一个华美的借口，"惟有饮者留其名"是难能可贵的清醒的自我认识，如若太白知道今日的他在史上确实因为他的酒与诗而留名，定要再痛饮三千杯了吧！

酣梦之时，尽管当了"五花马，千金裘"，什么功名什么金银尽情舍了去，换钱买酒，愿"与尔同销万古愁"。何等旷达的心胸能放下世间诱人的种种，怕是唯有太白不测的酒量方能容下这万古愁情。

醒，是一生；醉，亦一生。醒与醉之间，愁与乐之中，总要有个了断。醒不能济世，愁不能自救。于是一杯酒，一声笑，飘逸洒脱于醉梦中寻找一场人生的酣畅淋漓。

这和古希腊神话中的酒神精神颇为相似。李太白和酒神狄奥尼索斯都是少年精神的代表，他们身上永远闪着人类童年时期的天真烂漫和洒脱，借着酒的烈与甘，乐观不羁地回归自己的精神家园。不同的是，酒神是神，饮酒作乐再无怅惘；而酒仙是人，终要受世间羁绊，酒入愁肠化为传世诗篇。

> 弃我去者昨日之日不可留，
>
> 乱我心者今日之日多烦忧。
>
> 长风万里送秋雁，对此可以酣高楼。
>
> 蓬莱文章建安骨，中间小谢又清发。
>
> 俱怀逸兴壮思飞，欲上青天揽明月。
>
> 抽刀断水水更流，举杯销愁愁更愁。
>
> 人生在世不称意，明朝散发弄扁舟。
>
> 李白《宣州谢朓楼饯别校书叔云》

在宣州谢朓楼上，李白终于醒着一回。昨日之日是无数个弃他而去之日，那些逝去之日无可挽留，而所要面对的仍是无数不知来者的今日。这两句感慨让人想起五柳先生那句"悟已往之不谏，知来者之可追"，都意味深长，读起来有相同的韵味。人无法阻止水的流淌，抽刀断水总是徒劳。也许在这一点上李煜更加聪明，他将满怀愁绪投向东流的一江春水，没有举杯消愁也没有抽刀断水，但最终难逃厄运。

李白是幸运的，也是无奈的，他终于明白醉时可以逃避，但酒醒后的忧愁加倍乱人心，而散发弄舟无所顾忌让一切随风又颇有了苏东坡"回首向来萧瑟处，也无风雨也无晴"的放纵与达观。

太白的愁与寂寞无人能懂。他"像那有心填海的精卫鸟一样，虽有报国的热忱，却没有施展的机会"。他以缥缈俊逸的姿态展现给世人看，豪迈给世人看。唯有一壶壶浊酒能走进他的内心，靠近他血脉里的那一分天真和赤诚。"当他醉了的时候，是他最清醒的时候；他醒着的时候，却是他最糊涂的时候"，郭沫若如是说。而酒终归是助兴的，但李白太投入，据说李白醉中捞月结果不幸落入水中，溺水而亡。

酒和诗、花和月、山和水，郁结与萧散、失意与孤傲，成就了千古难就的一个李白。他嗜酒不是酗酒，他狂妄不是狂躁，他孤傲不是孤寂。诗是他的命，酒是诗的魂。仙人用一生酒杯泡出了自己的气质和哲学："天若不爱酒，酒星不在天。地若不爱酒，地应无酒泉。天地既爱酒，爱酒不愧天。"

醉与醒之间，隐与现之间，太多诗人在此长眠。

酒中乾坤，一半真睡，一半装昏

"酒入豪肠，七分酿成了月光，余下的三分啸成剑气，绣口一吐就半个盛唐。"这是余光中先生在《寻李白》中的诗句，他将李白醉饮人生的潇洒，仗剑天涯的豪放，都浓缩在月光中，顶着盛唐的光环，锦心绣口，诗香酒香。有人说，"青春、诗歌和酒"是李白诗篇中不断吟诵的主题，也是盛唐留给后世英姿勃发的倒影。于是，每每提起大唐，首先令人感叹的便是扑面的酒气。一杯清酒，让飞扬的青春更加浪漫；一杯烈酒，让灼热的胸怀更加激荡；英雄的壮烈、美人的惆怅，都化作清酒、美酒，陶醉了人心，也酿就了诗情。

大唐，永远是一副醉醺醺的模样。不过，也因为这氤氲的酒气，才更显性情。杜甫说唐朝最能喝酒的有八个人，他们嗜酒如命，笑傲权贵，是人间潇洒名士的极品，也是"饮中的八仙"。

知章骑马似乘船，眼花落井水底眠。

汝阳三斗始朝天，道逢麹车口流涎，恨不移封向酒泉。

左相日兴费万钱，饮如长鲸吸百川，衔杯乐圣称避贤。

宗之潇洒美少年，举觞白眼望青天，皎如玉树临风前。

苏晋长斋绣佛前，醉中往往爱逃禅。

李白一斗诗百篇，长安市上酒家眠。

天子呼来不上船，自称臣是酒中仙。

张旭三杯草圣传，脱帽露顶王公前，挥毫落纸如云烟。

焦遂五斗方卓然，高谈雄辩惊四筵。

杜甫《饮中八仙歌》

在这群醉八仙中，首先出场的是贺知章。杜甫说他喝醉酒后，骑着马就像坐船一样，摇摇晃晃。结果眼花缭乱的时候，失足落井，就在井底睡着了。汝阳王李琎敢喝酒三斗再去朝拜天子，路遇卖酒的车垂涎三尺，恨不能把自己的封地移到"酒泉"。相传，那个地方，泉水清澈，甘甜如酒，日夜喷涌而出，故曰"酒泉"。假如真有这样一个好地方，恐怕不仅汝阳王会跑去定居，估计唐朝半数以上的诗人都会乐于在那里把酒言欢，醉卧红尘。接着，杜甫写了丞相李适之酒量恢宏，如饮百川之水。风流名士崔宗之，酒后英俊潇洒，衣袂飘飘，玉树临风。而苏晋虽然吃斋礼佛，但还是喜欢在"酒"中逃避"佛"的束缚，宁愿用长久的修行换短暂一醉。"酒肉穿肠过，佛祖心中留"，大概就是苏晋这类名士的理想吧。以草书著称的张旭，他喝醉的时候，不会顾及王公显贵在场，脱了帽子，奋笔疾书，笔走龙蛇，字迹如云卷云舒，潇洒自如。还有唐代著名布衣焦遂，五斗之后，便会高谈阔论，常常语惊四座。

当然，这八仙中，最著名的还是李白。杜甫说："李白一斗诗百篇，长安市上酒家眠。天子呼来不上船，自称臣是酒中仙"。李白每次酒喝多了的时候，诗也就特别多。写了诗，干脆就睡在酒家里，醒了之后，还可以继续喝。这还不算什么，连天子叫他的时候都不上船，还说"我是酒中的神仙"，言外之意，可以不听你的号令，其酣然醉态彰显了不畏权贵的个性，也让他浪漫、可爱、无拘无束的形象深入人心。

然而，唐朝的气度和酒量，似乎在李白之外，还有许多佐证。那些诗名和酒名一样大的人，都对酒充满了感情。

> 子酌我复饮，子饮我还歌。
>
> 王建《泛水曲》（节选）

> 今朝有酒今朝醉，明日愁来明日愁。
>
> 罗隐《自遣》（节选）

> 葡萄美酒夜光杯，欲饮琵琶马上催。
>
> 王翰《凉州词》（节选）

> 一年明月今宵多，人生由命非由他。有酒不饮奈明何！
>
> 韩愈《八月十五日夜赠张功曾》（节选）

得意人生，要诗酒壮怀，化作满腔豪气，尽情地泼洒；失意之时，也可以自斟自饮，酒入愁肠，化作相思泪行。唐代的诗篇都是在酒坛子中泡开的，阳光之下，挥发出阵阵酒气。然而，酒气越重的人似乎越是风流快活。就如魏晋贤士们，常常于竹林深处抚琴吟诗，饮名酒，服五石散，然后散步于乡野田间，自由快乐。喝了酒，阮籍可以连月大醉不醒，躲避世俗的烦恼；李白目无王法，连天子传唤也敢抗旨不遵。所谓"酒壮英雄胆"，大概就是这个道理。

其实，酒中乾坤，一半是真睡，一半是装昏。"假作真时真亦假，无为有处有还无"，醉眼看人生，常常更能看到人间百态，亦真亦假，如梦如幻，云里雾里，在这虚境之中也能找到些生活真实的感受，释放出难得一见的激情。所以，白居易说："酒狂又引诗魔发，日午悲吟到日西。"因为喝酒，所以引发了诗情，从日中到日落，一直在喝酒、作诗。酒需要借诗来"发狂"，诗得了酒气而愈发沉香。

一壶浊酒，千古心事，多少诗篇，如陈年美酒，似旷古佳酿。剑气、月光和着青春、诗歌与美酒，不断勾画着令人怀想的盛世大唐。

心里住着一个与歌有关的人

音乐是现代生活中必不可少的调味品。公交地铁上，年轻人闭着双眼，耳朵上挂着耳机的景象司空见惯，就连晨练的大爷大妈手中也抛弃了古旧的收音机，换上了MP3。音乐就是有这般深达人心的力量。不分年纪，没有国界，只要你愿意，音乐响起，一起唱一起跳，毫不费力就可以融进一个圈子。我们不禁要想，音乐，到底是哪一点使其这样迷人？

在古老的唐代，有一位大诗人也爱音乐，他是唐宋八大家之首，他"文起八代之衰"，晚年又当吏部侍郎，是不折不扣的政客。但他也为一首琴曲所倾倒折服，并为此写下了唐代描写音乐的三篇名作之一，他叫韩愈。

昵昵儿女语，恩怨相尔汝。

划然变轩昂，勇士赴敌场。

浮云柳絮无根蒂，天地阔远随飞扬。

喧啾百鸟群，忽见孤凤凰。

跻攀分寸不可上，失势一落千丈强。

嗟余有两耳，未省听丝篁。

自闻颖师弹，起坐在一旁。

推手遽止之，湿衣泪滂滂。

颖乎尔诚能，无以冰炭置我肠！

韩愈《听颖师弹琴》

这便是《听颖师弹琴》了。欧阳修曾说这不是一首琴诗，而是一首琵琶诗，这些实在来不及去探究，就静静地品味这首琴曲和诗人的奇缘。

元和十一年（816），相传有一个名叫颖的和尚，不远千里从印度来到中国，人们尊称他为颖师。颖师的古琴不仅样式与众不同，而且弹奏出来的音色也格外优美。世间的琴师绝对不只颖师一个，但颖师凭借他精湛的技艺、别有韵味的演奏、丰富的曲目打动了世人，远近知名。而韩愈是唐代著名的诗人和文学家，也慕名前来欣赏颖师弹琴。琴曲一开始，韩愈就被深深吸引。婉转轻盈，细语喃喃，仿佛情人在耳边倾诉彼此心里的爱慕之情，似一首婉转的情诗，让人身心愉悦。忽而，琴声激昂高亢，像是沙场上战士的厮杀，万马奔腾，霎时间刀剑齐鸣，场面异常惨烈。韩愈觉得灵魂都在为之颤抖，好像自己也手持兵刃身在疆场。转眼，琴声又热闹起来，到处是莺歌燕舞，百鸟齐鸣。有一只凤凰引吭高歌，百鸟朝凤，一片乐观升平气象。随之，琴音激越地往上攀升，仿佛在攀登峭壁悬崖，一旁的诗人听得心惊胆寒……听到这里，诗人紧张得坐立不安，汗落如雨，把衣襟都湿透了。

韩愈紧张至极时，不得不请求颖师中止弹奏："在下虽然也生有一对耳朵，但是不懂音乐。即使如此，这次听到先生弹奏，却激动不能自己。您的演奏实在精湛，好像是把冰和炭火放在我的心房里一样，冰火两重，您要是再弹下去，我真的受不了了。"就是这样一首诗，道尽诗人与音乐的奇妙之遇。一首音乐能直达人心，必定是其某一点与人心中最脆弱的地方引起了共鸣。韩愈这般紧张激动，也果然如此。

时年，韩愈已四十九岁，这一年做了中书舍人，负责撰写诏书。但因主张平定淮西而被宰相李逢吉所恨遭到诋毁，不久就被降为

·082·

太子右庶子。所以，当颖师弹起这首曲子，舒缓的调子让韩愈暂时忘却了钩心斗角的朝堂之争，一心回忆起自己的童年时代：耳鬓厮磨、两小无猜，"昵昵儿女语，恩怨相尔汝"二句，仿佛喃喃细语，并时而夹着少年情事的互相嗔怪。有人说，成年以后心灵常常固执地滞留在离童年不远的地方，在怀想和遥望。诗人听琴伊始，沉入的是一种充满温馨的境界，似在重温往日旧梦。

"划然变轩昂，勇士赴敌场"，琴声突然变得昂扬、豪迈，或许这时的抑扬顿挫撞击到韩愈的是他壮志凌云、举步投向人生战场的年代。那年，诗人只有十九岁，只身离开了侨居五六年的宣城，一人到京城长安"应举觅官"。"浮云柳絮无根蒂，天地阔远随飞扬"，多少往事如浮云一般过眼即逝，而自己仍如浮萍的命运一直四处无依。想到这里，诗人惆怅不已，或许是因为缅怀起自己四考进士以及登第后到处求官这一段长达八九年的岁月。

唐朝时应举的人，试前都托请朝廷要员向考官推荐。韩愈不想靠人脉走上仕途，亦无人代他吹嘘扬名，所以从贞元二年（786）至贞元七年（791）考了三次进士都告失败。贞元八年（792），韩愈从事古文写作已为人知，并且有人举荐，他第四次参加进士考试终于获得成功。

然而，在当时的大唐，考取进士并不等于有官可做，还要自己寻找门路。韩愈忍受着讥笑乃至侮辱，仍处处碰壁。到他考取进士后的第四年，仍未觅得一官半职。这期间生活困窘，已经到了"穷不自存"的地步，最后落魄到连他骑的马都卖掉了。这是那一时代没有政治根基而又财产不足的知识分子难以摆脱的命运。

"喧啾百鸟群，忽见孤凤凰"，琴声转为和畅、愉悦，百鸟群聚是一番乐景，所以音乐变得那么清雄、亢爽，诗人陶醉其中而又欣喜欲狂，或许此时他正在回忆与重温多年来与一批志同道合的师生的相聚时光，有如一只只孤芳自赏"孤凤凰"群聚一起，哀鸣不平。

这便是一首曲子使韩愈坐立不安的原因。是音乐，也唯有音乐才能这般直指人心，串联起生命中的苦与痛，听一首歌仿佛就在那乐曲和歌词中看见了自己的过往。

也许，音乐本身并没有这么大的魔力，具有魔力的是自己心灵的伤口。一旦它遇见相同的伤口，便死死纠缠，如一团海藻绑住了手脚，深陷过往之中而无力自拔。

其实，听者听的是乐声，亦是自己的心声。

当某一天，你在某一个街角听见某一首让人动情的、熟悉的旋律，别忘了在附近走一走，兜兜转转或许就能看见曾经的自己。

因为在心里，我们肯定还住着一个与这首音乐有关的人。

茶似人，人似茶

茶与酒一样，都是唐诗里不可或缺的角色，少了它，诗中的滋味恐怕要失了大半。唐人的茶诗从皎然这里提升了一个境界，变得豁然开朗。喝茶也不再只是为了解渴、提神，而是变成一种人生态度。

> 越人遗我剡溪茗，采得金牙爨金鼎。
> 素瓷雪色缥沫香，何似诸仙琼蕊浆。
> 一饮涤昏寐，情来朗爽满天地。
> 再饮清我神，忽如飞雨洒轻尘。
> 三饮便得道，何须苦心破烦恼。
> 此物清高世莫知，世人饮酒多自欺。
> 愁看毕卓瓮间夜，笑向陶潜篱下时。
> 崔侯啜之意不已，狂歌一曲惊人耳。
> 孰知茶道全尔真，唯有丹丘得如此。

皎然《饮茶歌诮崔石使君》

皎然将品茶分成了三个层次：涤昏寐、清我神、便得道。一般人喝茶常常只是前两个层次，喝罢茶后神清气爽便足矣。皎然却不然，他在此之上又飞升得"道"，看破世间一切烦恼，而"茶道"一词便是由此而来。

这里的"茶道"不是煮茶之道，也不是制茶之道，而是品茶的人生之道。皎然将茶看作世间罕知的清高之物，嘲笑陶潜等人饮酒的"糊涂"。此话虽说得有些自大，但细细想来的确有一些味道在里面。

饮酒，只能让清醒的人沉醉，对世事看得更加模糊而淡忘本心；品茶，却是让沉醉的人清醒，擦亮心眼去看繁华世界。

皎然的诗让人对他肃然起敬，也让人对他的身世生出几分好奇。

皎然乃唐代杰出诗僧，俗名谢清昼，是谢灵运的十世孙。自幼博览群书，汇集各家思想。中年后痴迷仙术，但因修炼仙术伤了身，从此皈依佛门。一个机缘，因茶与陆羽结下忘年之交，也让皎然对茶的执着更增进一步。二人是诗友兼茶友，年长的皎然常常邀上好友，摆上素瓷雪色的茶具，取多年埋藏的好水，泡一壶香茶，作一首即兴的诗。

有时甚至并不说话，任香茗之气缭绕过眼，氤氲出一片醇厚的恬淡。虽不多言，情谊却也如这壶中的好茶，味道愈加深厚，个中滋味，"唯有丹丘得如此"。

这一茶一诗一友便是简单的茶道了，从选茶、泡茶、品茶一系列的过程中，均需要细细参悟，方能领略茶之真味。

买茶，是买一斤还是一两？当然是一两，因为只有一两时，才会细细捏一小撮，慢慢品尝，方显其珍贵。泡茶是一次倒掉还是反复冲泡？当然要反复冲泡，一次太浓尝不出香味，太多次又太淡，失去了滋味。但至于到底冲几次的茶才最香，恐怕要因人而异了。

人生也是如此，拥有得少就更加珍惜，又如杯中三起三落的茶叶，浮沉难料才不枉此生。正如林清玄所说："每一片茶都是泡在壶里才能还原、才能温润、才有作为茶叶的生命意义；我们也一样，要经过许多岁月的净化才能锻炼我们的芬芳。"

茶诗的人性化，让诗人品茶更添了几分情趣。一诗一滋味，一茶一人生。每个人都有对茶的独到领悟，因此诗中也留下了异于皎然的人生感悟。

张文规品茶"凤辇寻春半醉回，仙娥进水御帘开"，皮日休品茶"丞相长思煮茗时，郡侯催发只忧迟"，白居易品茶"坐酌泠泠水，看煎瑟瑟尘"，故晚唐诗人薛能说："茶兴复诗心，一瓯还一吟。"

诗人的眼中，茶中有人生，茶中更有情。茶有情，水有情，茶水相融便是一场热烈的友情，茶友恐怕是世间少有的纯粹友情了。可以想象，皎然与陆羽在终日清谈中，一定是促膝品茗。他们在品茗过程中也一定会具有共同的乐趣和爱好。

> 九日山僧院，东篱菊也黄。
>
> 俗人多泛酒，谁解助茶香。
>
> 皎然《九日与陆处士羽饮茶》

九月，秋菊怒放，渴念茶香，诗僧皎然念友的心情也不亚于馋茶的心情。这一生当中，若有一懂茶知己，真是人生一大幸事。陆羽是幸福的，因他遇上了皎然。

据说皎然对陆羽的感情甚是深厚，经常想念他。如果较长时间没有举行聚会的话，皎然会亲自跑去拜访陆羽。如果恰巧陆羽外出，没见着人，皎然就会非常懊恼，真是因茶动情。三毛说："人生有三道茶，第一道苦若生命，第二道甜似爱情，第三道淡如微风。"那么皎然是不是尝尽了生命之苦和友情之甜后方飘然乎遗于尘世，淡如微风呢？

每日饮茶，仿佛将生命也浸入了茶水中，浮浮沉沉，卷曲收放。一生便有如茶叶，时而干浮杯面，时而大如夏花般在杯底绽放。滤去的是浮躁的思绪，沉淀的是通透的思想。品茶有时品的是一种欲语还休的忧伤，有时品的是推杯换盏后的寂寞。人生不过如此，不可能永远沸腾，纵然有千般热闹总会有一天归于平静，而能享受热闹过后的寂寞方为一种境界。

有人在茶中得到了友情，有人在茶中收获了苦涩，有人在茶中看见了时光的倒影，这都是人生。茶是热的，有了热烈奔放；茶是淡的，有了淡泊明志；茶是苦的，有了苦中作乐。三五个文人雅士聚集一起，闲云野鹤，不谈政治，只谈雅兴，作诗酬唱。古今中外，那些自由的文人，正如这杯里的茶叶，上下翻转，哪怕最终要倒入花土，也不妨淋漓尽致走完一生。

茶冷了，再续上；诗冷了，就细细收藏。

画壁与文身，唐诗的两道刺青

茫茫沙漠，狂风乱舞，飞沙走石。一座酒楼孤独地矗立在黄沙中。楼外百尺竿头上，悬挂着一块千疮百孔的破布，迎风招展、历尽沧桑。在人们的印象中，这样的场景多出现在武侠电影里。但实际上，这些都不是导演凭空想象的，他们只是借助科技手段，完成了对历史生活的还原与再现。古代酒楼外面其实都不挂木质的牌子，更没有如今的霓虹闪烁。通常都是挂一面旗，也就是一块布，上书几个大字"某某酒家"。这种酒亭，因为挂了面旗子，所以叫作"旗亭"。相传，唐代有个著名的赛诗故事，就发生在旗亭中。

开元年间的一天，冷风飕飕，雪花飘飘。王昌龄、高适、王之涣三人相约去酒楼饮酒。诗人们碰到一起自然就畅谈诗歌，这是共同的爱好，也是大家的长处。聊着聊着，忽然见一群歌女走进酒店，登楼献唱。按照唐代的习俗，歌女们唱的都不是流行歌曲，而是七言或五言的流行唐诗。"凡有井水处，即能歌柳词"，人们通常只知道宋词是用来唱的，却很少有人注意，其实唐诗在唐代也是可以唱的，它本身就是流行乐曲的歌词。

三个诗人一看歌女上来，顿时来了雅兴，于是相约说，"咱们几个平素都觉得自己颇负诗名，你不服我，我也不服你，这次咱们较量一下。看这群歌女唱谁的作品多，就说明谁更有名，更受人喜欢"。不

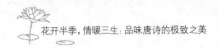
一会儿，有一个歌女起身唱道：

> 寒雨连江夜入吴，平明送客楚山孤。
>
> 洛阳亲友如相问，一片冰心在玉壶。

王昌龄《芙蓉楼送辛渐》

这首诗不像普通"送别诗"那样极力渲染离情，而是以寒雨、孤山来衬托自己的孤独。虽然没有直说自己思念朋友的心情，却想象着朋友们对自己的思念，而且叮嘱说：假如他们问起我的话，一定要告诉他们，我的心依然像冰一样纯洁，玉一样高贵。用冰和玉来映衬自己的志向，深藏了巧妙的语言功力，也给人留下了深刻的印象。此诗的确是上乘佳作。

王昌龄一听唱了他的作品，非常高兴。他就用手指在墙上画了一道记号，"一首了啊！"过了一会儿，又有一个歌女站起来唱："开箧泪沾臆，见君前日书。夜台今寂寞，犹是子云居。"这是高适《哭单父梁九少府》五言诗中的前四句。高适一听很高兴，也在墙上画了一道。"有我一首了啊！"接着，第三个歌女站起来又唱了王昌龄的《长信秋词》，王昌龄赶紧又画了一道，"两首绝句了啊！"

这时候，王之涣开始郁闷了。他本来觉得自己很出名，可这些歌女竟然没人唱他的作品，面子上有点挂不住了。他转头对高适和王昌龄说，"你们不要高兴得太早，这几个歌女唱的都是下里巴人的东西。你们看那个最漂亮的歌女不是还没唱吗？如果她要唱的话，还唱你们的，我就甘拜下风，再也不与你们争短长。要是唱我的，你们就得拜我为师。"话音刚落，王之涣说的那个最漂亮的歌女便站起来唱道：

> 黄河远上白云间，一片孤城万仞山。
>
> 羌笛何须怨杨柳，春风不度玉门关。

王之涣《凉州词》

这首《凉州词》虽是一首怀乡曲，却写得慷慨激昂、雄浑悲壮，毫无半点悲戚之音。"黄河远上白云间"，既有奔涌磅礴的气势，也有逆流而上的坚韧。一片孤城，羌笛何怨，将冷峭孤寂的情思脱口而出，却没有消极和颓废之感。万丈雄心与盛唐气象如水银泻地，流畅自如。

诗人们听到歌女果然唱了王之涣的诗后，都禁不住哈哈大笑。但是歌女们不明就里，赶紧跑过来问，"几位大人在笑什么呢？"三人高兴地说，你们唱的都是我们写的诗。歌女们纷纷施礼，"我们有眼不识泰山！"随后邀请他们去喝酒，大家又是作诗又是唱，非常愉快。这就是唐诗中著名的"旗亭画壁"的故事。所谓"画壁"，就是像三位诗人一样，拿手指在墙上画一道。人们越是欣赏你的诗，说明你的诗普及程度越高，流行范围也越广。不过，说起流行来，诗坛之上，恐怕非白居易莫属。

白居易被贬江州后，曾经给好朋友元稹写信，"这一路从长安到江州，三四千里的路程，遇到了许多客栈和酒楼。墙上、柱上、船上，到处都有我的诗；男女老少人人都能够背诵我的诗。"白居易非常高兴自己的诗能博得大众的喜欢。而诗写得越好，名气也就越大，喜欢的人也就越多，流传得也就越广。这似乎是一个良性的循环。

在众多白居易的发烧友中，有一个人最为奇特，他的崇拜方式也非常疯狂。这个人叫葛清，就是《酉阳杂俎》中"白舍人行诗图"中的主角。现代年轻人常常为了买签名书、看首映场、听音乐会，不惜在寒冬腊月或三伏天排上几个小时的队，到了现场还又哭又笑，又跳又叫。但和葛清比起来，这些实在是小巫见大巫。

葛清是白居易的忠实粉丝，忠实到什么程度呢？就是文身。他的身上文的不是青龙白虎，麒麟貔貅什么的，他是全身刺字。前胸后背，手臂大腿，葛清的身上一共文了三十多首白居易的诗。而且他对这些诗的位置还特别熟悉，别人问起白居易的哪句诗，他都能指着自己的前胸或者后背说，你说的这首诗就在这里。别人一看，果然是在他指的那个地方。他这样走来走去，很像一块流动的诗板，所

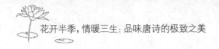

以大家就叫他"白舍人行诗图"。

古人讲究"身体发肤，受之父母，不敢毁伤"，葛清崇拜白居易竟然遍身刻字，体无完肤，可见他对白居易诗歌的狂热和痴迷。如果敢于大胆假设的话，或可推测他得到了父母妻儿的认可，全家都是白居易的发烧友也说不定。

无论是旗亭画壁的浪漫，还是葛清文身的震惊，唐代人对诗歌的喜爱，对诗人的崇拜，恐怕都是空前绝后的。时间，虽然可以消磨诗人们留在墙上的画痕，或将"白舍人行诗图"永远地留在唐朝的深处，但他们刻在历史深处的记忆却永不褪色。画壁也好，文身也罢，都没能被岁月的风沙所掩埋，它们犹如唐诗的两条图腾：既有写诗者的冲动，也有读诗者的激情，相得益彰，终令唐代诗歌风流婉转，万古飘香。

禅：浮云一散，皆是桃花源

如若不是王维，唐诗的浩荡卷帙上恐怕要少了淡然的一笔。就是这淡然一笔，勾勒出大唐的秀山青水，点染出心向菩提的禅境，晕拓出隐世幽独的画意诗情。

晚年的王维厌倦半官半隐的生活，终归南山。虽然没有出家，但他过的却是地地道道的僧人生活。粗茶淡饭，乐好参禅。"斋中无所有，唯茶铛、药臼、经案、绳床而已。"这哪里是居家，根本就是禅房的摆设。

大约三十岁时，王维的妻子便去世了，诗人亦不再娶，一生独居。平日生活"常蔬食，不茹荤血，晚年长斋，不衣文彩"。就这样，王维不食尘味地独自在他的世界里与佛亲近着。

> 人闲桂花落，夜静春山空。
> 月出惊出鸟，时鸣春涧中。

王维《鸟鸣涧》

和往常一样，又是一个闲适的夜晚。静谧的夜，使春山显得格外清幽，桂花悄无声息地败落。诗人抬头见东出的月亮刚刚惊起了山那边层层飞鸟，潺潺的林中涧水还伴着几声鸟儿的啼鸣声。

"人闲""夜静""山空"，似一幅静静的山水静夜图，纷繁世界，独取这一片空静的天地来欣赏，是心境亦是王维的处境。然而，这"静"又带着生命的脉动，在空旷宁静中，明月乍出，明明是视觉而非听觉，却"惊"出山鸟，明月千古复万古，山鸟时鸣春涧中，亘古与时下连为一体，见心见性。

佛说："世尊成道已，作是思惟，离欲静寂，是为最胜。"王维正是在这山水中体味出静与寂的妙谛，与佛家"心无所生，心无所动"的禅理暗暗契合却不动声色，他在山水中寻找空静乐趣，在进退之间找到了心灵安放的家园，于是最终放弃了亦官亦隐的生活，回归真正的自然。他的诗也因此充满禅的静寂。

浩荡开阔的盛唐气象过去后，朝晖夕阴、花开花落的生死明灭感渐入诗人之心。彼时的王维把身心还给自然，持戒安禅，褐衣蔬食，远离世界的尘嚣，他深知万物缘起缘灭，四季更迭交替，自然之中的一草一木、一花一果都暗藏明灭的禅机。

> 木末芙蓉花，山中发红萼。
>
> 涧户寂无人，纷纷开且落。

王维《辛夷坞》

> 荆溪白石出，天寒红叶稀。
>
> 山路元无雨，空翠湿人衣。

王维《山中》

枝头的芙蓉花静静地开，又悄悄地落，空寂的山涧没有人因它的绽放而赞美，也没有人因它的凋零而感伤。中年丧妻、安史之乱对于临老的王维，是一个沉重的打击。有知遇之情的老友张九龄的被贬也让他十分沮丧。唐朝开始进入一段黑暗的时光，他感到自己正如这涧户间孤独开且落的芙蓉，摇曳生姿却无人欣赏。

　　然而，遗憾之余，他似乎还略带丝丝希望。他从佛家于寂灭处寻涅槃而得到启发，回到终南别业，听"雨中山果落，灯下草虫鸣"。

　　王维的诗，读之微寒却总是让感官为之震动。"山中发红萼"的敏锐视觉让人似乎看见花在幽谷中静静生发的美态；"山路元无雨，空翠湿人衣"使人眼前出现一片翠绿欲滴的湿润。一个"湿"字，光影交错地将视觉转化为动作，"红叶稀"已不重要，重要的是时下的翠足以抹杀所有萧瑟，于空寂幽静的山中体味诗人那独有的灵动摇曳的心情。恰如一曲幽咽的古琴曲，抚弦的手是他的山水情思，而弦外之音却是点点禅意。

　　这内外透露寒冷和凋零之感的诗作正要告诉世人：涅槃，是禅，亦是诗。

　　禅是一种人生哲学，是一种心灵的存在方式。

　　在繁华仕宦的锦绣前程与诗意栖居的心灵净土间，所有文人似乎都面临两难选择。

　　诗作有所不同，但人生的真谛大抵相同的苏轼，就曾对王维的诗大加赞赏。想必，苏轼应是与王维有着相似的心性，所以才写出同样禅意浓郁的诗来：

　　江上愁心千叠山，浮空积翠如云烟。山耶云耶远莫知，烟空云散山依然。

　　……

　　丹枫翻鸦伴水宿，长松落雪惊醉眠。桃花流水在人世，武陵岂必皆神仙。

苏轼《书王定国所藏烟江叠嶂图》（节选）

　　这一天，被贬黄州的苏轼刚刚领了月俸，和每次一样他又要盘算着把俸禄分成三十份，每天花一份才能果腹，想到自己漫漫人生路途坎坷，不由得远望重峦叠嶂如翠绿的浮云。看眼前这片景色生发出几缕哀愁，到底是山远还是云远谁能知道呢？烟消云散了，山还是那座山。他看见水畔的丹枫翻鸦、松叶上的落雪，又想到此时的自己，不由得感叹道：人世间浮云一散，处处皆是桃花源。

想必是前世有约，才让王维和苏轼这两位才子隔了时空却有惊人相似的人生态度和处世哲学。难怪苏轼在《书摩诘蓝田烟雨图》中对王维的诗赞不绝口："味摩诘之诗，诗中有画；观摩诘之画，画中有诗。"而苏轼的这两首诗无疑是王维的余音，云雾缭绕中，水依然，山依然；氤氲之中感慨世事无常，心游于玄冥，一花一叶皆天堂，让内心澄澈的地方就是桃花源。

细细品来，摩诘与东坡的诗又各自不同：摩诘诗将心置于山水之中，一丝一缕化为绕指柔，眼到之处开出圣洁莲花；而东坡诗将心游于山水之外，几经轮转，蓦然回首，发现身已在菩提树下打坐多年。

寒鸟的孤影打翻了一弯残月，暮色覆盖了云烟，多少事，都成空。摩诘与东坡用写意的方式，定义了孤单，定义了禅。他们都是寂寞的，他们纵情于山水间，只不过为了寄托无处安放的信仰，他们都是达观的，无情的山水带给他们的是生命的微弱律动，这微小的动感体悟出的禅趣，便使他们纵在出与入的夹缝中粉身碎骨也了无遗憾。

历代诗人的园林里，在参禅中得到人生感悟的又何止这二位诗人呢？无论是"始知锁向金笼听，不及林间自在啼"的欧阳修，还是"栽培剪伐须勤力，花易凋零草易生"的苏舜钦，抑或是半僧半俗的贾岛，他们都将无法改变的命运融入诗境，而这诗境又真真切切是他们的处境。

禅毕竟是避世的，而诗是古往今来文人失意时的慰藉。禅思诗境让这些诗人的孤寂得以解脱，即便无人欣赏，也可独嗅暗香。在进与退、官与隐的夹缝中，还有一种信仰可以坚守，纵使身处庙堂是非地，心亦可清明如镜台。

卷六　人生有味是清欢

　　人生短短数十载，勿需回头，勿需怅惘。当悲苦时悲苦，当欢喜时欢喜，当爱时爱，当恨时恨。看天地，看古今，看世间百态。

我本狂人

　　狂，是一种人格，狂狷人格。《论语》曰："不得中行而与之，必也狂狷乎。狂者进取，狷者有所不为也。"这里的"狂"，孔子赋予它的性征是直、肆、荡。直，正见也；肆，敢言也；荡，无惧也。可见，所谓"狂"，即直陈正见，敢作敢为，积极进取，勇于开拓。

　　文人多狂人，唐代多诗狂。"四明有狂客，风流贺季真"，贺知章的狂是痴狂；"我本楚狂人，凤歌笑孔丘"，李白的狂是癫狂；"欲填沟壑惟疏放，自笑狂夫老更狂"，杜甫的狂是疏狂。可最负"疏狂"之名的并非杜工部，而是他的祖父——恃才且疏狂的杜审言。

　　杜甫在评价他爷爷的时候，一改其沉郁内敛之风，狂傲不羁地发出"诗是吾家事，吾祖诗冠古"的感叹，而杜审言对自己的文才又何尝不是信心百倍，他尝语人曰："吾文章当得屈、宋作衙官，吾笔当得王羲之北面。"杜甫名垂千古，下笔有神，也跟其浓厚家学大有渊源。

> 　　独有宦游人，偏惊物候新。
> 　　云霞出海曙，梅柳渡江春。
> 　　淑气催黄鸟，晴光转绿苹。
> 　　忽闻歌古调，归思欲沾襟。
>
> 　　　　　　　杜审言《和晋陵陆丞早春游望》

初唐五言律，"独有宦游人"第一，后世曾这样评价。此诗能获此殊荣，应不是遣词、造字，抑或诗技、诗境之功，而是其内涵底蕴。全诗"惊新"而不快，赏心而不乐，涌上心头，满溢胸间的尽是诗人郁郁不得志的失望之情。这种不得志，并非无能，而是身处官场的无能为力。

杜审言在唐高宗中取进士后，仕途失意，一直充任县丞、县尉之类小官。可在那个时代，无论做人，还是为官，要不就同流合污，要不就清高平凡，二者怎可兼得？于是，失望也变作一种情操，一种能够"酒中堪累月，身外即浮云"的淡泊之情；于是，疏狂也成为兼善与独善的矛盾，介入与超然的矛盾，自由与约束的矛盾。

杜审言少时便与李峤、崔融、苏味道为"文章四友"，世号"崔李苏杜"。虽与苏味道同为朝廷的御用文人，可他出言狂妄："味道必死。"人惊问故，答曰："彼见吾判，且羞死。"可杜审言的狂，也只是口头上的轻狂，即便平日里总是嘲弄取笑苏味道，但在他给老苏的赠诗里，"舆驾还京邑，朋游满帝畿；方期来献凯，歌舞共春辉"，也是情深义重，看不出有半点调谑之笔。

疏狂应有度，否则便招来横祸，并不是所有人都能看到杜审言恃才傲物背后那份弥足珍贵的人文情怀。

> 迟日园林悲昔游，今春花鸟作边愁。
> 独怜京国人南窜，不似湘江水北流。

杜审言《渡湘江》

杜审言的诗，不乏宫廷应制之作，总觉得失去了诗的本真情趣，索然无味。可若读他的贬谪诗，却是字字精雕细琢，句句入人心扉。或许，他的狂傲正是建立在自己独特的所思所想、真挚的所感所悟上。

"今春花鸟作边愁"与其孙的"感时花溅泪，恨别鸟惊心"颇有异曲同工之妙。花与鸟本是平时观赏把玩之娱物，可这里却见之而泣，闻之而悲，足可反托出诗人的自怜与自悯。"独怜京国人南窜"是全诗的中心。后半句以"水北流"来烘托"人南窜"，更加立体地凸现了诗人远离京国、背井离乡的失意与失落。文人被贬后的怀归情结，在此诗中得到淋漓尽致的展现。尽管这漫不经心的出自那个平日里总爱嬉笑怒骂的老杜笔下，但也因此愈发显得无比沉重、无比深刻。这就是疏狂之人的魅力所在吧，喜欢在命运的舞台上戴着假笑的面具把活生生的现实撕裂给台下的观众看。

杜审言有过两次贬官的经历，皆因疏狂所致。这大概就是成也疏狂，败也疏狂。可他为疏狂所付出的代价却是亲人的鲜血和自己的尊严。杜审言曾遭小人陷害，入狱待死。他的儿子杜并为把他从狱中救出，被乱刀砍死。这份感天动地的孝行也震慑了朝廷，杜审言得以免死，并受到武则天的召见。武皇问他："卿欢喜否？"爱子已逝，有何欢喜可言？但人在君王前，岂能不低头？杜审言唯有强颜欢笑，而后即赋一首《欢喜诗》敬献武则天，换得凤颜大悦，赐官升迁。可此后的漫漫长夜，那种切肤的丧子之痛和违心之伤也只有狂人自知。

> 今年游寓独游秦，愁思看春不当春。
> 上林苑里花徒发，细柳营前叶漫新。
> 公子南桥应尽兴，将军西第几留宾。
> 寄语洛城风日道，明年春色倍还人。
>
> 杜审言《春日京中有怀》

对洛阳，杜审言一直有种特别亲切的感情，或许因为在这片热土上，他的事业曾达到过顶峰。在回长安的第二年，他便作此诗来表达自己对洛阳迷人春色、城中万物的无比眷恋之情。诗贵出于心，言人所不言。"寄语洛城风日道，明年春色倍还人。"杜审言的感怀诗，忧中有喜，泪里含笑，诗意跌宕起伏，诗境峰回路转，这大概也源于他的疏狂吧。

杜审言晚景尚好，他也就将狂进行到底了。临终前也不忘幽默地调侃好友们一番："甚为造化小儿相苦，尚何言？然吾在，久压公等，今且死，固大慰，但恨不见替人。"这应该是一个患了严重的狂妄病症的人才会说的话。可转念一想，人生短短数十载，生活的重压却往往把人压到变形，又有几个人能终其一生永葆顽童之心！幽默，是一种态度，一种面对悲剧命运却还自信坦荡的态度；幽默，也是一种风度，一种面对多舛人生却仍随性洒脱的风度。

狂人也应该感到欣慰了，毕竟，能有一个以身救父的孝子和一个诗名满誉的贤孙，已经羡煞旁人了。尽管他的抱负，他的鸿志未得圆满，可是能把傲然风骨、疏狂本色留给世人，也算功德一件。

唯有一个道理，狂人在世时还应该懂得：文人还是做好自己的文化人，写写诗文终归是正途，踏入政途实在是勉为其难。杜审言不是第一个，也不会是最后一个。

忧与忧兮相积，欢与欢兮两忘

卢照邻是"文不如人"的领衔者，纵观那篇一挥而就流芳百世的《长安古意》，想必他的人生也是绚烂多姿，纷繁多彩。可任谁都懂，精彩绝伦的人生大多是部血泪史，而非欢喜歌。

> 长安重游侠，洛阳富财雄。
>
> 玉剑浮云骑，金鞭明月弓。
>
> 斗鸡过渭北，走马向关东。
>
> 孙宾遥见待，郭解暗相通。
>
> 不受千金爵，谁论万里功。
>
> 将军下天上，虏骑入云中。
>
> 烽火夜似月，兵气晓成虹。
>
> 横行徇知己，负羽远从戎。
>
> 龙旌昏朔雾，鸟阵卷胡风。
>
> 追奔瀚海咽，战罢阴山空。
>
> 归来谢天子，何如马上翁。
>
> 　　　　　　卢照邻《结客少年场行》

　　少年不知愁滋味。卢照邻出身名门贵族，不仅衣食无忧，而且受教优良，在和风煦雨中茁壮成长。十岁时，他便开始南下游学，"斗鸡过渭北，走马向关东"。游学，是唐初文士体验社会，体察民生的大好契机。游学表面上是为增长学识，求教交流，实则是为官宦之路铺石添沙，奠定根基，然后被一朝选在君王侧，才名官名两丰收。

　　卢照邻的游学是成功的，他成为初唐"下笔则烟飞云动，落纸则鸾凤回惊"的名动一时的才子。他的文，一摒六朝绮丽浮艳之风，从阴柔走向阳刚，从卑弱走向坚强；他的诗，转接汉魏风骨的苍劲雄壮，秉持豪迈潇洒的气度，直启盛唐之音。"不受千金爵，谁论万里功"，卢照邻满怀建功立业，光宗耀祖的远大志向，踏上了学而优则仕的道途。

　　中国古代文人在自觉或不自觉中，总遵循着这样一条生存法则：穷则独善其身，达则兼济天下。于是，他们便在儒、道之间犹豫不决，徘徊不定，最后亦儒亦道，极难两全，造就了他们的悲惨人生。

> 一鸟自北燕，飞来向西蜀。
>
> 单栖剑门上，独舞岷山足。
>
> 昂藏多古貌，哀怨有新曲。
>
> 群凤从之游，问之何所欲？
>
> 答言寒乡子，飘飘万余里。
>
> 不息恶木枝，不饮盗泉水。
>
> 常思稻粱遇，愿栖梧桐树。
>
> 智者不我邀，愚夫余不顾。
>
> 所以成独立，耿耿岁云暮。

卢照邻《赠益府群官》（节选）

　　诗中摇飙万里、奋力南翔、昂藏古貌、品性高洁、渴望知音，却不为世俗所容的北燕，正是诗人高标自洁、不随俗流的形象写照。

卢照邻一直企盼能凭借自己出众的才华而"拾青紫于俯仰，取公卿于朝夕"，可这个美梦终被现实中成为高祖之子——邓王李元裕府中的一名掌管文书的小官所粉碎。尽管邓王对他欣赏有余，器重有加，甚至称他为当朝的司马相如。但名如相如，实不如相如，文高而位卑，在那个"先器识而后文艺"的时代无疑是莫大的讽刺。尽管卢照邻"不息恶木枝，不饮盗泉水"，却仍被小人栽赃，诬枉入狱。幸好得邓王眷顾，他才能平安出狱。此后，他便离开邓王府，另谋他职，这也是他最后一次出仕。

生不逢时，学无所用，这时卢照邻若能及早抽身，远离官场，归隐山林，他的命途或许就不至于惨淡收场。可人生就是一场赌博，不到最后，不分输赢。

尽管在任职地方政绩不佳，劳心劳力，但苦闷忧郁之时能得遇知己，得遇佳人，也算是卢照邻衰运人生中难得的幸事。他与王勃在蜀中相遇，把酒言欢，高谈阔论，结下了"同是天涯沦落人，相逢何必曾相识"的千古友谊。他与一位姓郭的女子也在蜀地相遇，一见倾心，缔结良缘。这也是卢照邻一生之中唯一的一次婚姻，即便只是昙花一现，海市蜃楼；即便招来骆宾王《艳情代郭氏答卢照邻》的批驳痛斥；即便被世人责骂负心薄情，始乱终弃，他也算为孤单落寞的心灵找到过温情脉脉的依托。

在《五悲·悲昔游》中，他也曾吐露过自己对郭氏的思念之情："忽忆扬州扬子津，遥思蜀道蜀桥人。鸳鸯渚兮罗绮月，茱萸湾兮杨柳春。"或许，对一个命途多舛的人来说，爱情就是奢侈品，只可远观，不可近赏，只能把玩，不能拥有。

独坐岩之曲，悠然无俗纷。

酌酒呈丹桂，思诗赠白云。

烟霞朝晚聚，猿鸟岁时闻。

水华竞秋色，山翠含夕曛。

高谈十二部，细核五千文。

如如数冥昧，生生理氤氲。

古人有糟粕，轮扁情未分。

且当事芝术，从吾所好云。

卢照邻《赤谷安禅师塔》

卢照邻决心归隐山林，一心向佛是源于他肉体和精神上承受了双重折磨。天有不测风云，正值壮年的卢照邻突然感染风疾，以致形体残损，手足无力，五官尽毁，嘴歪眼斜，寸步千里，咫尺山河，这让他痛苦不堪。可也正是病痛相缠，贫苦相伴，他才能过上"左手是药，右手是书"这种与世隔绝的日子，也才能冷静地对功名利禄进行返璞归真的思考。回首往昔，在邓王府，俯仰谈笑，顾盼纵横；在蜀山间，纵情山水，呼朋引伴；而今遁入深山，形影相吊，人生变作截然相异的两重天地，人生也因此成为一场丰盛的旅行。

名医孙思邈曾为卢照邻悉心医治风疾，并传授他"养性必先本慎，慎以畏为本"的养生要领，这正是卢照邻梦寐以求的保全自己的人生真谛，也极大地促使他离开长安，回归自然。"独坐岩之曲，悠然无俗纷"，生亦无常，死亦无常，超然物外，超脱生死才能到达永恒；"如如数冥昧，生生理氤氲"，人类对于死亡的恐惧，对于生存的忧虑，都应淡化为彼岸世界中虚无的他物。

卢照邻晚年自号"幽忧子"，足见其"幽"，也足见其"忧"，但他强忍病痛，坚持写作，留下了属于他的"死亡日记"——《五悲文》：悲才难，悲穷道，悲昔游，悲今日，悲人生。哀莫大于心死，当传来女皇武则天登基，好友骆宾王失踪，药王孙思邈离世这一系列噩耗时，卢照邻终于找到了解脱自己的方式——投江自尽。

"忧与忧兮相积，欢与欢兮两忘。"卢照邻应死而无憾了。毕竟，他有过"玉辇纵横过主第，金鞭络绎向侯家"的富贵黄粱梦；有过"北堂夜夜人如月，南陌朝朝骑似云"的宦游漂流夜；有过"得成比目何辞死，愿作鸳鸯不羡仙"的海誓山盟情；有过"寂寂寥寥扬子居，年年岁岁一床书"的孤寂寥落日。

至于最后，或走，或留，亦忘，非忘，只需问问自己的心。

啼笑因缘

北宋王安石写诗的时候，常常苦于无处下笔，他说，"世间好语言，尽被老杜道尽""世间俗语言，尽被乐天道尽"。就是说，世界上好的语言都被杜甫说完了，而通俗的语言也被白居易写尽了，只要一提笔，便觉得自己的话都是多余。而鲁迅在写给朋友的信中，也说过类似的意思，假如没有孙悟空七十二变，一个跟头十万八千里的本事，就不要再来写唐诗了，世间的好诗早就被唐朝的人写光了。但是孙悟空再厉害，也没有跳出如来佛的手掌心，可见，想复制、再现或超越唐诗的辉煌，已经是不可能的事情了。

飘逸如李白，沉郁如杜甫，山水田园如王维、孟浩然，塞外风情如高适、岑参，每种风格在唐朝都有体现，每种经历和感受在唐朝都有描写。想要在此中寻求突破，标新立异，确立自己诗歌的特色，实在是非常艰难的事情。

但世事难料，偶尔也会有黑马出现。那些初生牛犊，并不知道河水深浅，只要勇敢，常常可以无意中闯开一番新世界，"不走寻常路"说的也就是这个道理。走在别人的后面，模仿得再好，你也只能是第二；但是开创属于自己的人生，你却是永远的第一。而唐代诗人张打油就是个中翘楚。他凭借自己的勇气和才华，开创了另类唐诗的风采，也因此令自己名垂千古。

关于"打油诗"的名称，历来有不同的争议。有人说是姓张的诗人在打酱油的路上写作的诗歌，故有这一称号。但普遍的观点是中唐时期，一位名叫张打油的人，他写的诗因别出心裁，无法归类，故用他的名字定义，唤作"打油诗"。其中最著名的一首，就是咏雪：

江山一笼统，井上黑窟窿。

黄狗身上白，白狗身上肿。

张打油《咏雪》

这首《咏雪》，通篇不着一个"雪"字，却将雪落大地给人们造成的视觉"误差"写得非常清楚。黄狗因身上的落雪而变成了白狗，白狗因为雪落在身上，看起来比原来更胖了。虽然十分口语化，却的确要费一番心思才琢磨出如此构思奇特的诗句。

虽然这首"咏雪"是张打油的代表作，但其真正作为一种品牌得以推广，还得益于一次偶然的机会。传说，某年冬天，一位大官到宗祠祭拜，结果发现大殿雪白的墙壁上写着一首诗：

六出九天雪飘飘，恰似玉女下琼瑶。

有朝一日天晴了，使扫帚的使扫帚，使锹的使锹。

官员一看就怒了，这是谁呀？胆敢写这种七扭八歪的诗，也不怕祖宗笑话，还写到这里来了。他命令周围的官兵前去缉拿此人，要捉回来治罪。这个时候，师爷不慌不忙地说："大人不用找了，除了张打油，谁会写这种诗啊！"于是，官员下令把张打油给抓来。等张打油听了官员的训斥后，摇头耸肩做无辜状说："大人，我是喜欢胡诌，但是也不至于写出这么烂的诗来啊。不信的话，我愿意接受您的面试。"

官员说："好啊，安禄山兵变，围困南阳郡，你不如以此为题来创作一首诗。"张打油清了清嗓子，"百万贼兵困南阳"。官员一听，好诗啊，开局气势非凡，于是捻须微笑，赞叹不已。张打油继续道，"也无援救也无粮"。在场的人面面相觑，官员心说："虽然有点怪异，但也算勉强可以接受。"于是，请他继续念。历史发生了戏剧性的转折，张打油恐怕也没有想到，自己的诗又一次达到了"永垂不朽"。

有时候，写诗也需要一种机遇，后代有无数行家里手，绞尽脑汁，力求独辟蹊径，写出自己别样的诗风都收效甚微。而清代乾隆皇帝更是一生笔耕不辍，写了近两万首诗，以求流传百世；却不幸，一首也不曾被人记得。可这个缺乏专业诗歌培养，也没有高雅文化造诣甚至连明确的身份都弄不清楚的张打油（有的人说他是农民，有的人说他是木匠），竟然在唐朝别立新宗，开天辟地，开创了一条属于自己的诗歌奇幻之路，不禁令人啼笑皆非。这一切，似乎都得益于他在上述那位大人面前续写的后半首诗。

　　　　百万贼兵困南阳，也无援救也无粮。

　　　有朝一日城破了，哭爹的哭爹，喊娘的喊娘！

　　张打油得意扬扬地念完了自己的诗后，大家哄堂大笑。这"哭爹喊娘"和"使扫帚用锹"如出一辙，从精神实质到语言风格，都深深地打上了"张打油"的烙印。所以，张打油不但没有因此获罪，还从此威名远扬，成了中国"打油诗"的鼻祖！

　　很多人觉得打油诗都是一味通俗、不分平仄，方言、俚语都能入诗。但事实上并非如此。细看此类诗歌，便可以发现，其实"打油诗"的首句，一般写得都很"入眼"，有时候不但不低俗，还很有气势。只是这种力量和劲道常常不能持续在诗中，经常是上半句说得气贯长虹，下半句说得萎靡不振，虽然前后语意顺承，但意境截然不同，仿佛大帽子下面扣着个小脑袋，又像上身穿着名牌西装，下身却穿了条休闲短裤。怎么说都非常搞笑。但正是这种别样的"山寨情调"拉开了中国打油诗的序幕。此后因其通俗与幽默，更是蓬勃发展，瓜瓞绵绵。连现代文学大师鲁迅也写过一首拟古的打油诗：

　　　　　　我的所爱在山腰；
　　　　　　想去寻她山太高，
　　　　　　低头无法泪沾袍。
　　　　　　爱人赠我百蝶巾；
　　　　　　回她什么：猫头鹰。
　　　　　　从此翻脸不理我，

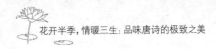

不知何故今使我心惊。

鲁迅《我的失恋》（节选）

爱人赠我浪漫温馨的百蝶巾，我却回赠了贼头贼脑的猫头鹰，不解风情就算了，还顺便讽刺了恋人的风雅，如此以低俗对高雅，也算是对传统爱情模式的一次挑战了。所以，周作人说："思想文艺上的旁门往往比正统更有意思，因为更有勇气和生命。"很多时候，文艺上的雅俗，不过是人们在特定时期的一个历史定义，鸳鸯蝴蝶派作家张恨水，在20世纪30年代不也曾经因为俗文学而被人冷落并忽视吗？可是，当历史的板块开始松动，那些生机勃勃的常常都是这些所谓的民间文学。

无论怎样，能够以另类诗风在"诗歌的朝代"中确立风格鲜明的路线，张打油天不怕地不怕、积极冒充"诗人"的勇气，都为大唐多彩、宽容、活泼的诗坛增加了欢快的微笑和创作的灵动！

大唐的诗，诗的大唐

根据《隋唐演义》记载，一天，程咬金手持板斧跳将出来，说了这样一段经典的台词："此山是我开，此树是我栽。在下混世魔王，你们快快留下钱财，否则就别想从此处过。"这段话虽没有文采斐然，却还算押韵。尤其重要的是，这段经典亮相已经成为一种固定的套路，被绿林好汉争相模仿，并不断加工、改造、优化，终于形成了一套逻辑缜密、语言凝练、具有高度震慑力和威胁性、并富有职业特色的自我介绍。

于是，月黑风高、杀人放火的时候，强盗们就不用过多表白自己的身份了，只要能顺畅地念完这段台词，过路之人便会纷纷解囊相助，以保平安。"盗士们"看到金银珠宝，开心的话也许给条活路，不开心的话手起刀落，就把人送去见阎王爷了。而类似故事也多发生在荒山僻壤。

一天，傍晚时分，一艘船遇大风停岸边。诗人李涉和书童正走在荒村绵绵的细雨中，准备找家客栈投宿。突然，眼前冲出个人拦住了他们的去路。此人一声断喝，"来者何人？"据估计，肯定也说了和程咬金大爷类似的话，诸如"此山是我开，此树是我栽，要想从此过，留下买路财！牙崩半个不字，爷爷管宰不管埋！"书童马上回答说："这是李涉先生。"李涉是中唐时期非常著名的诗人，强盗一听是李涉，非常兴奋，"久仰大名，如雷贯耳。我知道先生是很有名的诗人。这样吧，我也不抢你的钱了，你写首诗送给我吧"。李涉一听，当即写了一首诗送给他。

　　暮雨潇潇江上村，绿林豪客夜知闻。

　　他时不用逃名姓，世上如今半是君。

李涉《井栏砂宿遇夜客》

井栏砂是一个地名，"夜客"是文雅的称呼，这首诗主要讲的就是遭遇强盗之事。李涉说，暮雨潇潇，我在这荒凉的村庄和夜色中，遇到了一位"豪侠"。这位大侠居然知道我的诗名。今天我赠给他一首诗，并且告诉他，你不用害怕别人知道你的名字了，现在这么乱的世道，强盗多得很。

李涉这首诗写得非常巧妙，他说"绿林豪客"都知道我的诗，这其实暗示了自己的诗普及率很高，非常受欢迎，社会各阶层人士都广泛阅读并喜爱。后两句写得更有意思，说你不用害怕我报官，现在你这样的人多的是。言外之意，今天的事儿就此打住，我是不会揭发你的。强盗一听当然乐啊，要是李涉义愤填膺地说"脑袋掉了碗大个疤，几十年后又是一条好汉"的话，强盗一生气，说不定还真就把他给杀了。但是李涉说"没事儿，这都不算什么"，强盗也就安心了。所以不但没抢他的钱，反而赠送了李涉很多礼物。就因为一首诗，李涉竟奇迹般地从强盗手里平安脱险，可以算得上千古奇谈了。

在一般人眼中，强盗是什么样的呢？电影《天下无贼》中范伟曾经有一段非常精彩的表演，他戴着面具，操着弯曲的大舌头，结结巴巴地对同伙说，"大哥，稍等一会儿，我要劫个色"。这一场景引得无数观众爆笑。人们笑他"劫财劫色"本就是强盗的本职工作，而他做得如此业余，还和人家玩起了智力测试题，结果不幸被捕，大大丢了抢劫行业的"面子"。但如果对比李涉碰到的劫匪来说，范伟还算是可造之才。毕竟他心里还知道劫个漂亮的女人，回去做压寨夫人。而那位中唐的绿林好汉却劫了一首诗，不但没抢来东西，还送了一堆礼物给人家，赔了不少钱。

李涉的这次奇遇，从侧面印证了唐代社会的一个风气，那就是崇尚诗歌。连山贼草寇都推崇诗人，喜欢诗歌了，甚至能够为了一首诗而放弃"职业操守"，可见全社会对诗人和诗歌的重视程度已经相当之高。所以，唐诗在唐朝实际上已经成了一种文化潮流，或者叫时尚。所有的人都走在写诗和读诗的道路上。

首先是皇帝写诗赠给重臣。李世民当时和兄弟们夺权，玄武门外刀光剑影，大臣萧瑀毫不犹豫地站在了他的身旁，同甘共苦的生活考验了他们的勇气和感情。所以李世民写诗送给萧瑀说，只有狂风大作，才知道哪一种草吹不弯、折不断；也只有在乱世之中，才知道谁是真正的忠臣。一介武夫怎么能够明白什么是道义和原则呢？只有智者才能始终怀有仁义之心。

> 疾风知劲草，板荡识诚臣。
> 勇夫安识义，智者必怀仁。
>
> 李世民《赐萧瑀》

这首诗最著名的两句就是"疾风知劲草，板荡识诚臣"，讲的是"患难见真情"的一个主题。当一个人身处顺境、左右逢源之时，锦上添花的人肯定会很多。但只有当身处逆境，需要雪中送炭的时候，支持并帮助你的人，才是真正的朋友。"成者王侯败者寇"，刘邦和项羽，李世民和窦建德都是这类的典型。胜利了就是一国之君，从此名垂千古；失败了就要遁入山贼草寇的行列，甚至有可能性命不保。李世民结合自己的人生经验，总结出精彩的诗句，引人深思也感人肺腑。

当然，这里提到李世民的诗，并不是因为他曾经差点当了草寇，而是说唐代写诗的风气是自上而下，从"一"而终的。李世民不但自己写诗，他的妻妾也写诗。长孙皇后、徐惠妃，武则天女皇都有诗作传世。在唐朝，上自皇权贵族，下自平民百姓，人人都以写诗为乐趣。垂髫少年写童年趣事，"白毛浮绿水，红掌拨清波"。耄耋老者写回乡感慨，"少小离家老大回，乡音无改鬓毛衰"。半文盲见雪生情，"江山一笼统，井上黑窟窿"。农村妇女抱怨生活劳苦，"蓬鬓荆钗世所稀，布裙犹是嫁时衣"……

放眼望去，生活感慨、事业挫折、家长里短、山川风物，但凡能够入眼的景物都可以入诗。唐诗面前人人平等。每个人都可以写心声、发感慨、抒愤怒，每个生活的微小细节都可以触动人们的情思。所有人都把追求和爱好转移到写诗、读诗上了。所以，遭遇强盗，李涉不但没有遇险，还用自己的诗歌换了一堆礼物，山贼草寇的附庸风雅真是令人哭笑不得！所以，闻一多先生说："人家都说是'唐诗'，我偏要倒过来说是'诗唐'。"因为唐代的最大特点就是诗歌，这是一个"诗歌的朝代"，也是一片"诗歌的海洋"！

绝命易水别，悠悠千古思：骆宾王

> 此地别燕丹，壮士发冲冠。
> 昔时人已没，今日水犹寒。

骆宾王《于易水送人一绝》

寒风起，易水兴波。在河滨一岸，骆宾王和友人依依惜别，珍重道别。在历史的另一岸，太子丹和众将士为荆轲"慷慨倚长剑，高歌一送君"。这一古一今，一明一暗，一轻一重，一缓一急，既是抒怀，又是咏史，令人怀古伤今，引人千古幽思。易水之别，不知诗人所别何人，也不知分别的情景，却有陶渊明"其人虽已没，千载有余情"的动容之感。可见那所送之人，定是肝胆相照、同生共死的挚友。

骆宾王是"初唐四杰"之一，他的一生就如同他所生活的那个时代一样，充满了波澜壮阔。骆家本是名门望族，代代人才辈出，可惜显赫的家世无法代代传承，在骆宾王降生后，已经有些没落。

虽然家道中落，但诗书传家，清节自守的家风始终未变。骆宾王幼承庭训，少有诗才，被誉为"江南神童"。他七岁即兴而咏的那首"鹅，鹅，鹅，曲项向天歌，白毛浮绿水，红掌拨清波"至今广为流传，成为儿歌经典和智慧象征。

成年后，骆宾王决心奔赴仕途，从政为官，遵从祖父和父亲的遗愿。可世海泛浊，正道难行，迎接他的是一连串的波折与不幸。罢官贬职，艰难归隐，边塞从军，诬赃下狱，他的经历可谓时运不济，命途多舛，壮志难酬。

> 西陆蝉声唱，南冠客思深。
>
> 不堪玄鬓影，来对白头吟。
>
> 露重飞难进，风多响易沉。
>
> 无人信高洁，谁为表予心。

骆宾王《在狱咏蝉》

唐高宗年间，骆宾王任侍御史，因上书触忤武后，便遭人诬陷，以贪赃罪名下狱。在狱中，骆宾王看到两鬓乌玄的秋蝉后，再对照自己，发觉己是白发斑斑，不禁老大伤怀，回望少年时代。

想当初祖父与父亲为自己取名为宾王，字观光，用意在于"观国之光，利用宾于王"，期望自己将来能够辅佐君王，建功立业，造福黎民。可如今自己一事无成，还狼藉入狱，辜负了祖辈父辈久乱求治的心愿，望子成龙的期望。因为"露重""风多"，所以"飞难进""响易沉"，蝉如此，诗人亦如此。"羽弱"而"声微"，诗人有志难申，求助无力。"无人信高洁，谁为表予心"，这声哀叹，仿佛对苍天呼吁，又像在控诉奸佞，满腔愤懑倾泻而出。这与李商隐的《蝉》中"烦君最相警，我亦举家清"两句颇为相似，一只是绝望呐喊之蝉，一只是窘迫无援之蝉，但都不因世俗更易秉性，宁饮坠露以葆高洁。

在狱中，骆宾王饱受折磨，一身硬气的他宁死不屈，想自己一直为官公正廉明，却偏偏得罪奸佞，遭受这场无妄之灾。骆宾王是一个好诗人，是一个正直君子，不懂仕途规矩，他本就应该是一个自由流浪的诗人，却偏偏要为了生计，跻身黑暗复杂的官场。

此时，虽然大难不死，从狱中出来的骆宾王却是心如死灰。自己的生命所剩无几，大好年华就这样在惨淡时光中流逝得点滴不剩。但命运对他的折磨，还远远未到尽头。

唐高宗李治一命呜呼。中宗李显即位，其母武则天早已觊觎权位多时，没多久便改朝换代。武氏在政权掌控上绝对不手软，谁不服从，便是死路一条。支持李氏的大臣和文人，多被残害，天下顿时陷入人心惶惶、自顾不暇的局面。目睹了武则天的无所不用其极来巩固自己的皇位，骆宾王不齿与其为伍，他毅然南下，加入徐敬业组织的反武队伍中。

临行前，友人送他来到易水河畔，和老友依依惜别之际，骆宾王有感而发，吟出《于易水送人一绝》。此时，他内心的孤独与落寞宛如滔滔易水河般悠悠不尽地流向汪洋肆意的碧海，任它狂卷、淹没自己的一片冰心，一世英才。

在河畔，他送别了过去的那个自己，也送别了那些为国之殇、己之梦而甘心献身的忠魂。

与武则天为敌，应该说是骆宾王人生转折的一个关键点。他不能接受武则天君临天下。

来到扬州，骆宾王豪情万丈，他自信肩上挑起了恢复李家王朝的重任。不过骆宾王并不是带兵打仗的行家，他拿起笔墨，写下了一篇《代李敬业传檄天下文》：

呜呼！霍子孟之不作，朱虚侯之已亡。燕啄皇孙，知汉祚之将尽；龙漦帝后，识夏庭之遽衰。

……

一抔之土未干，六尺之孤安在？倘能转祸为福，送往事居，共立勤王之勋，无废旧君之命，凡诸爵赏，同指山河。若其眷恋穷城，徘徊歧路，坐昧先几之兆，必贻后至之诛。请看今日之域中，竟是谁家之天下！移檄州郡，咸使知闻。

这篇檄文令人豪气陡增，骆宾王的确文采斐然，连武则天看过也是赞赏不已，甚至责备宰相失职："宰相安得失此人？"但战争并非一篇文章的气势能够左右。徐敬业的反武大军支持不过三月时日，便在武则天的军队打压下失败了。

兵败之后，骆宾王去向成谜，无人知晓。有人说他被武则天捉住杀害，因为他不肯投降武则天。还有种说法是他觉得生活已经毫无意义便投江自尽。也有人说他就此看破红尘天下事，躲进山林隐居，再不问世事了。

在那个不适宜他的年代，他的满腹才华，根本无从施展，他的忠肝义胆，根本无法显现。无论他归属于哪一种结局，最终能够得到心之所安，才最为重要。

有酒今朝醉，愁来明日愁

> 得即高歌失即休，多愁多恨亦悠悠。
> 今朝有酒今朝醉，明日愁来明日愁。
>
> 罗隐《自遣》

他满腹经纶，却十试不第。他一腔热血，却报国无门。他才华横溢，却无人赏识。他敢说敢做，却屡屡得罪权贵。他的一生跌宕起伏，却始终铁骨铮铮宁折不弯。他是罗隐，一个末世英雄，在唐朝末年那样一个风雨如晦、满目阴霾的时代，他以诗作为匕首，刺痛人间各种不平事。

年纪轻轻便学富五车，罗隐考中举人，意气风发，踌躇满志地离开家乡杭州，前往长安参加进士考试。在他看来，自己的人生不过才刚刚开始，他的仕途正要大放异彩。就在罗隐做着一举夺魁的美梦时，时局却悄悄改变。

晚唐时期政治腐败，朝廷上下已无人再为家国天下操心，人人考虑的都是自己的既得利益。科举在唐末已经不再是选贤取能的一项考试了，而是官员们敛财的工具。

少不更事的罗隐，自觉满腹才华，他笔走龙蛇答完考卷，信心满满地回到客栈等候中第的消息。可是他等来的是落榜的噩耗。别说状元，那红榜上密密麻麻的名字，压根就没有"罗隐"二字。

还想要重来的罗隐在长安住了下来，他坚信下一次考试，自己定能够中第。为此他在备考的这一年间都停留在长安。因为自恃才高，罗隐不是到处游山玩水，就是结交朋友，以诗会友。很快，罗隐便在长安打出了名号。

不过，这名号不是美名，而是骂名。罗隐为人刚直，看不过眼的事情就要说，为此得罪了不少京城权贵。他们暗地里对罗隐十分恼恨，正巧罗隐第二次科考之后，他的试卷被唐昭宗看到了，觉得此人颇有才华，便想录用。

可被罗隐得罪过的官员暗地使坏，他们拿出罗隐曾经写过的一首诗《华清宫》给唐昭宗看。

> 楼殿层层佳气多，开元时节好笙歌。
>
> 也知道德胜尧舜，争奈杨妃解笑何。
>
> 罗隐《华清宫》

唐昭宗一看，这首诗暗讽唐玄宗，有对皇家大不敬之意，便将罗隐的名字画去了。二次科考落榜，罗隐此时身上的傲气已经被磨损大半，本以为自己才高八斗，一定能够在仕途上有所作为，岂料这一两年下来，自己压根连进入仕途的机会都没有。想到这里，罗隐不禁有些心灰意懒。

　　"真正的勇士，敢于直面惨淡的人生，敢于正视淋漓的鲜血。"晚唐诗人罗隐就是这样一个手握长虹，头顶青天的勇士。他再接再厉，埋头准备第三次科考。

　　那年正好逢上天气大旱，百姓没有收成，各地出现了不少难民。唐昭宗对此束手无策，只能祈求于神灵，希望上苍能怜他一番赤诚之心，降下大雨。可惜，老天不肯帮他，雨水毫无落下的迹象。于是，唐昭宗再想办法，他将科考试卷中加了一道题目，就是问考生们如何防治雨旱灾害。罗隐看到这道题目，将他的真实见解写了下来。

　　他奉劝唐昭宗要未雨绸缪，勤政爱民，而不是祈求神灵，在试卷中，罗隐还提了几条具有时效的建议。这本是一份很好的建议，但唐昭宗看后，龙颜大怒。他认为罗隐是在质疑他的能力，便再次将罗隐从花名册上除名。就这样，罗隐第三次科考还是落榜了。

　　按说事不过三，既然已经三次落榜，罗隐应当知难而退，天下之广阔，并非只有一条仕途之路可以走。但罗隐偏偏就要第四次、第五次地进行尝试，以至于当时的阅卷官员和监考官员都认识了他，知道长安内有这么一个"考疯子"。

　　罗隐虽然名声在外，无人不知，却始终未能遇上生命中的伯乐，一连考了十次，罗隐都未能及第。此时的罗隐早已心力交瘁，十年光阴，始终换不来一块敲响仕途大门的敲门砖。

　　终于，罗隐绝望了。他夜夜买醉，想用酒精麻痹自己。一日，罗隐喝得酩酊大醉，偶遇早年结识的一位烟花女子云英，云英看到他的样子，忍不住问道："怎么还没有脱白呢？"

　　唐朝规定，只有官宦人家才可以穿带有颜色的衣服，普通百姓只能穿白色或者黑色的布衣，罗隐十年之前穿着布衣，而今依然布衣在身。云英的话令罗隐大受打击，他无从发泄，只能继续将自己泡在酒坛子中。"今朝有酒今朝醉，明日愁来明日愁。"吟罢此诗，罗隐便离开了长安,终身未回,时年五十岁。

可是,比起落榜的痛苦,失去家国成为罗隐心中更难抹去的伤痛。

黄巢起义后,唐朝陷入一片烽火之中,隐居的罗隐敏锐地感知到,山河将不复存在。

> 家国兴亡自有时,吴人何苦怨西施。
>
> 西施若解倾吴国,越国亡来又是谁?

罗隐《西施》

站在历史的废墟上,罗隐拨开层层迷雾,对把一朝一代的兴亡归咎于一人一事的谬论提出质疑。

对历史的兴废枯荣,罗隐极端敏感。可兴废有时,枯荣有时,人也力不从心,无力回天。于是,诗人心底那种对盛世王朝与大好江山兴替变迁的无奈,对丰功伟业和荣华富贵滔滔流逝的感伤,常常被牵引出来,伴着清醒的认识、痛苦的反思,延伸出对历史的反思与忧伤。

在这条路上会聆听到他对"可怜高祖清平业,留与闲人作是非"的悲鸣,会目睹到他对"霸主两忘时亦异,不知魂魄更无归"的哀悼,会感受到他对"君王忍把平陈业,只换雷塘数亩田"的愤慨……终归,他是对历史最公正严明,也是最有人情味的审判者。

站在社会的废墟上,罗隐横眉冷对,直指丑恶。

站在人生的废墟上,罗隐仰天长笑,纵情高歌。

人心当似水

佛陀说,每个人都是一粒佛的种子。在人间苦海中不断修炼,逐渐明心见性、摒去尘埃,还内心一片明澈。但是,人心常常最难把握和控制。所有的善与恶,都在一刹那完成,人们只能看到最后的结果,却不知道其中经历了怎样的思想。而意大利伟大的诗人但丁在《神曲》中也将"暴食、贪婪、懒惰、好色、骄傲、妒忌、暴怒"列为人类的七宗罪。细看这七种罪行，每一种无节制的行为都起源于内心微妙的悸动。而"心如止水"常常只是人们的一种期待。

> 瞿塘嘈嘈十二滩，人言道路古来难。
>
> 长恨人心不如水，等闲平地起波澜。
>
> 刘禹锡《竹枝词九首》（其七）

瞿塘乃三峡之一，水流湍急，地势险要，素有"瞿塘天下险"之称。以瞿塘峡的险峻比喻人心曲折、世情变幻，确有惟妙惟肖之感。所以刘禹锡说，瞿塘峡九曲回肠，到处都是险滩，自古以来，人们就觉得这里的道路非常难走。接着，诗人笔锋一转，由瞿塘的险峻想到了世路的艰难。刘禹锡参加永贞革新失败后，受到诬陷、排挤，几次被放逐在仕途之外。所以，不禁感叹：水遇险阻而变成急流；而人心之猜测、怨妒、陷害，常常还不如江水，等闲平地，就能掀起波浪滔天。

当年，中国著名影星阮玲玉撒手人寰，只留下四个字"人言可畏"，令活着的人不寒而栗。到底是人心不如水，无中生有，掀起许多流言蜚语，终于击垮了阮玲玉全部的生活信念。她是如水一样的女人，有水一样的温柔、顺从，也有水一样的善良、清新，被誉为"中国的英格丽•褒曼"。可这样的人，终究还是抵不住世俗潮水般的非议。

唯有看破红尘，才能惊觉人情的淡泊，再大风浪到最后都不过是一句长叹，所谓"人心如水"，甘苦自知，只能自我消化。不同的是，有的人看不破，如阮玲玉，只能以香消玉殒的决绝来告别尘世；而有的女人却早已参透人生，落尽繁华的结局只有一个，便是：平淡。

> 至近至远东西，至深至浅清溪。
>
> 至高至明日月，至亲至疏夫妻。
>
> 李季兰《八至》

　　唐代才女李季兰写下这样的诗行后，人们纷纷推断她一定曾经历尽沧桑，阅尽人生，所以才能于繁华绚烂的背后，萃取这样深刻的思想。最近最远的就是东西两个方向，最深也是最浅的就是"水"，如小溪之浅，海量之深。最高也最明亮的就是太阳和月亮，正如最亲密也最疏远的关系，莫过于人间的夫妻。她用极平淡的语言道尽了复杂的人性与人生，没有浓墨重彩的熏染，却含义隽永。

　　许多时候，家的确是温暖的港湾，温柔的妻子，宽厚的丈夫，交织成幸福的画面。但有时，疾病、贫穷，生活线上窘迫的挣扎，都常常导致亲人的相互伤害。因为彼此的亲昵与信任，也就常常在争吵的时候，将对方的弱点一语中的，揭露得淋漓尽致。就像很多女人明知道，"你什么也不是，一点都不像个男人"这种话最伤人自尊，但还是常常这样指责对方。说出来的话如泼出去的水，夫妻虽为亲人，但毕竟没有血缘关系，平常的亲爱算起来更多的都是一种恩爱。等到感情消磨殆尽，走到尽头的时候，反目成仇，常常还不如普通朋友。

　　"大难来时各自飞"，唐玄宗那样深切地爱着杨贵妃，军心动荡之时，仍然还是赐给她"三尺白绫，一条死路"。所以"至亲至疏"实在是朴实而又生动。也许是悟到了这份玄机，李季兰终究还是了却尘缘，入了空门。但如果真的彻悟，佛门内外，又有什么不同呢？释迦牟尼树下枯坐十载，顿悟的不是佛法，而是人生。这一条漫漫人生路，每一处风景，都是对内心的一次萃取和历练。

> 白发如今欲满头，从来百事尽应休。
>
> 只于触目须防病，不拟将心更养愁。
>
> 下药远求新熟酒，看山多上最高楼。
>
> 赖君同在京城住，每到花前免独游。

张籍《书怀寄王秘书》

　　张籍说，白发见多，马上就是满面沧桑，在这个时候，很多人事消磨，也都该放下了。生活的重心理应放在养病、清修上，而不该让自己的心情更添愁绪。新酒调药房，有病要及时治疗，看山的时候要多多登高，好好锻炼身体。看花也好，登山旅行也罢，一定要多和朋友接触，不要总是孤单一人。这是张籍为老年人的养生开出的一剂"保健良方"，放在当今社会，也不失为晚年幸福的"指针"。能够看破人生，放下执着，方能涵养性情，独得人生之乐。

世事烦扰，仕路坎坷，情路挫折，及至年老，还常常因为放不下"旅途"的重担，而令人生越发沉重。"看得破，忍不过；拿得起，放不下"，人生一世，所有的执着大抵如此。所以，佛说"苍生难度"。如果人心能如水般善良、明澈，也就没有等闲波澜，没有亲疏远近，更不要说落日余晖里卓然独立的风采。

有时候，人生就像一杯水，放入糖就是甜；放入盐就是咸的；放入咖啡就是苦涩的；放入善良、宽怀，就是无尘的慈悲之水。

卷七　不惧离别，不言沧桑

人，幸而有离别。于是，人生便有了重逢的快意和相聚的喜乐，便有了等待的期盼和不归的愁绪。纵然不归，不聚，不再，于记忆中便也有了一人的"此去经年"。

和亲：一曲蛾眉成枯骨

不是每只丑小鸭都能变成白天鹅，就像不是每个公主都能和王子过上幸福生活。在许多网站的论坛中，后辈对大汉、大唐的批评引人深思：假如盛世王朝足够强大，何必让公主们远嫁苦寒之地，用和亲的方式，以青春和幸福换取国家的安宁！

在当年盛世乐章的轰鸣中，总有些诗篇会发出不同的变奏，就像阳光普照的世界依然有黑暗的角落。但也正是这些深知人性悲苦的诗作，常常让人从苍茫的云层中发现些彩虹的颜色。

> 白日登山望烽火，黄昏饮马傍交河。
>
> 行人刁斗风沙暗，公主琵琶幽怨多。
>
> 野营万里无城郭，雨雪纷纷连大漠。
>
> 胡雁哀鸣夜夜飞，胡儿眼泪双双落。
>
> 闻道玉门犹被遮，应将性命逐轻车。
>
> 年年战骨埋荒外，空见蒲桃入汉家。

李颀《古从军行》

诗的大意为：白天的时候在山上望四方的烽火，晚上在交河边饮马。行军之人，白天以刁斗煮饭，晚上用此来省更。黄沙漫天，漆黑的夜晚，只能听得到巡夜的更声，还有如泣如诉的公主弹着伤心的琵琶声。在军营的外面。万里之内，没有城郭，没有人烟，雨雪纷飞，苦寒之地，连着茫茫的大漠。胡雁、胡儿的哀鸣和眼泪，就这样双双落下。谁不想回家呢？可玉门被遮，只能轻取性命，和敌人决斗分出你死我活。年年战骨，埋在荒野之外，只为了换"蒲桃"种满汉家的庭院。通过李颀的这首诗，人们对汉武帝的穷兵黩武似乎有了更全面的认识。但很多人似乎都忽略了一句深藏在诗中的落寞，"公主琵琶幽怨多"。这句简简单单的诗描述了汉代公主细君的故事。刘细君本是江都王刘建的女儿，被汉武帝册封为公主，远嫁到乌孙王国做夫人。根据史书记载，她不但貌美且多才多艺，琴、筝等古乐更是无不精通。唐人《乐府杂录》中就记载："琵琶，始自乌孙公主造。"然而就是这样一位青春无敌、才华横溢的公主却被远嫁乌孙国。在那里，语言不同，习俗差异，爱情有无，这些似乎都变得不再重要。重要的只有一点，她是汉朝送来示好的一件"礼物"。

在宏大的家国话语下，没人能够想到她的幸福，也没人在意她的落寞与伤感。那幽怨日渐积累，郁结在心里，化不开散不去，结果嫁到乌孙国的第二年，细君就死了，只留下《汉书·西域传》里她写下的一段悲歌遗世回荡："吾家嫁我兮天一方，远托异国兮乌孙王。穹庐为室兮旃为墙，以肉为食兮酪为浆。居常土思兮心内伤，愿为黄鹄兮归故乡。"

和亲与远嫁，似乎是许多公主难逃的命运。据统计，越是鼎盛的王朝，和亲的公主就越多，汉朝和唐朝都是如此。江山社稷，国泰民安，在这种伟大并昂扬的主题下，个人的情怀变得如此微不足道。一边是战死沙场，白骨累累的将军；一边是呜咽幽怨，丧命异邦的公主。这是对时代残酷而又悲怆的祭奠。在这条和亲的路上，留下的不仅有鼓乐喧天远嫁的欢歌，也有那些年轻公主们的泪水、屈辱、魂断故乡的执着。

> 出嫁辞乡国，由来此别难。圣恩愁远道，行路泣相看。
> 沙塞容颜尽，边隅粉黛残。妾心何所断，他日望长安。
>
> 宜芬公主《虚池驿题屏风》

从此远嫁异邦，不知何时再能回乡，绵绵的远道上，边走边哭，泪湿罗裙。塞外沙漠将磨尽所有的花容月貌，看年华老去，粉黛消残。这思乡的感情不知道什么时候才能中断，今生有缘，何时还能回望长安！这首诗虽然称不上工巧，但出自一个远嫁公主之手，载着辞家别国的苦楚，所以读来字字心寒。然而更令人心寒的是，公主嫁过去大概仅仅过了半年，那些边界的胡人便起兵造反。深陷狼窝，宜芬公主定然做了叛军刀下第一个冤魂。

有的人翻唐诗，究唐史，想要考证宜芬公主的身世，说她并非"正牌"公主，十有八九只是皇室的旁系。实际上，宜芬到底是怎样的身份也许并不重要，一个花季少女带着和平的使命，最后惨死异邦，这本身就是一出深深的悲剧。

在她死后，叛军作乱，会不会有好事者指手画脚，咒骂宜芬公主没能"伺候"好列国的勇士。当朝廷不得不再次派兵，会不会有人想起：同样的古道上，曾有婚车欢天喜地送去了大唐的公主。恐怕没人记得那碾碎在通往和亲路上如花般的女子，在硝烟弥漫的战场，人们只能记住那些热血神勇的将军，没有人会再想起那曾经哀叹的公主，幽怨的琵琶声。

"沙塞容颜尽，边隅粉黛残。"宜芬公主恐怕也曾想过老死他乡吧！可惜她没有王昭君幸运，能够千古留名，恩爱终老。当然也不如蔡文姬，毕竟曹操当年还愿以城池换回一个女子。算起来，从古至今，在这条和亲的路上，辞别父母家园，深尝骨肉离散之苦的公主还真不在少数。只可惜，盛世欢歌，掩盖了公主们低低的诉说！

泪，一半为江山一半为美人

就差那么一步，他便可以名垂千古；可惜就是那么一步，他将自己推入了"万劫不复"的深渊，被后代指为"昏君"。所以，有人说他很像后来的宋徽宗。宋徽宗文武双全，擅长书画，写诗治国都是一等好手。当年宋朝和刚刚建立的金国订立盟约，共同讨伐辽国，结果金兵在摸清了宋军的底细后，反而攻打宋朝，并将宋徽宗俘虏，在北宋日记的最后一页写下了"靖康之耻"四个字。

有时候，历史非常功利，它对人们的评价仅仅是"胜者王侯败者寇"。假如宋徽宗能够直捣辽国疆土，那必将成就一番大宋朝的宏伟蓝图。遗憾的是，那个建国只有区区几年，大宋朝根本就没放在眼里的小金国，竟然釜底抽薪，倒戈相击。很多次，常常是极其微小的因素，最后轻易地改变了历史格局。一代明君和丧国之君，就这样有了截然不同的评判。宋徽宗如此，唐玄宗又何尝不是！

没有人否认唐玄宗前期的英明神武，他自幼刚烈，青年雄心，壮年励精图治，不但稳固了动荡的唐初政局，还成功地打下了"开元盛世"的战绩。有人说，唐玄宗活得太长了，假如他能和其他皇帝一样五六十岁就驾鹤西去，毫无疑问，盖棺论定的时候，百姓们会含着眼泪送他离开人间，并对他建立的盛世永远心存感恩。无奈的是，他不但"寿比南山"，而且还情意绵绵，深深地爱着他的江山和女人。正如流行歌曲里唱的那样，"待我拱手河山讨你欢，万众齐声高歌千古传"。自古英雄，都是爱江山也爱美人的，但愿意拱手河山的却并不多见。

杜牧写诗说，从长安回望华清宫，茂盛的草木，华美的宫殿，看起来一片花团锦簇。山顶的宫门一层层地打开，杨贵妃看到有一骑快马飞奔而来，不禁开心地笑了。百姓们还以为这疾驰的驿马送的是紧要军情，只有杨贵妃知道送来的是自己爱吃的荔枝。

> 长安回望绣成堆，山顶千门次第开。
>
> 一骑红尘妃子笑，无人知是荔枝来。
>
> 杜牧《过华清宫绝句三首》（其一）

唐玄宗为了让杨贵妃吃上新鲜的荔枝，常常令官差快马加鞭、日夜不息地赶路。驿站处，疲惫的人、累死的马，不禁抱憾终生。在唐朝的繁荣下，身为一国之君，他缔造了盛世如莲的美梦，也亲手摧毁了所有成就。劳民伤财，只为博美人一笑。曾经英武果断，贤明天下的君王，变得如此昏聩。功败垂成常常令人恍如隔世。辉煌时，功业如漫天朝霞，灿如烟花；但是散开，落下，颓败时如黄泥在地，任由评说，还要惨遭践踏。

很多人都说玄宗后期非常昏庸，只要有人进谏"安禄山要谋反"的话，他就将这样的直谏臣子拿下，送给安禄山发落。可想而知，久了也便没有臣子再拿自己的性命"开玩笑"。也许在唐玄宗的意识里，不是安禄山会不会起兵的问题，而是压根就没瞧得起一个"胡人"。就那样一个小小的节度使，连文明还不懂的人，怎么可能会有谋反之心呢！我堂堂天朝，给他如此高官厚禄，恐怕他感谢还来不及呢，哪能造反呢。说到底，以往的失败都是由于轻敌，宋徽宗如此，唐玄宗也如此。就这样，盛世王朝的一场空前灾难就此爆发。

历史学家通常喜欢用"盛衰拐点"形容安史之乱，其实，这也同样是唐玄宗一生辉煌与黯淡的拐点。在那样的时空里，曾经随着他一起走上顶点的盛世唐朝，随着他的逃亡而落幕，并逐渐地衰弱在未来的岁月里。就连那写过"忆昔开元全盛日，小邑犹藏万家室"，歌颂盛世王朝曾经"稻米流白，夜不闭户"的杜甫也时常对铁蹄践踏后的山河破碎发出慨叹：

国破山河在，城春草木深。感时花溅泪，恨别鸟惊心。

烽火连三月，家书抵万金。白头搔更短，浑欲不胜簪。

杜甫《春望》

长安沦陷后，国家一片破败，但山河依旧长久存在。春天虽至，但毫无春色可言，满城荒草，看得人触目惊心。感叹家国沦丧的凄凉，眼泪溅在花上，花也落泪。生离死别令鸟儿都为之悲鸣。战火纷飞，长久不息，一封家书抵得上万两黄金。忧伤令人早生华发，而愁苦令头发越发稀少，甚至连簪子也戴不住了。战火连绵，不知道何时才是尽头，更不知道什么时候才能回到自己的家园。山河破碎，人如飘絮，此情此景，催人泪下。

　　然而同样的痛心，又何止杜甫一人。逃难后回到长安的玄宗，被尊为太上皇，在一个个孤枕难眠的日子，梅妃的冷韵幽香，贵妃的丰腴甜香，那些冰雪聪明的女子，柔肠百结的爱情，都在孤独的夜晚缓缓地流淌在心中。尤其是一生挚爱杨玉环，如果不是那场安史之乱实在动荡军心，又如何忍心将她赐死。

　　"世上安得双全法，不负如来不负卿"，当年六世达赖喇嘛仓央嘉措，用质朴的语言写下这样的情歌，给后世留下了一段传奇人生。他宁愿放弃达赖的尊位，也绝对不放弃自己心中的爱情。还有曾经轰动世界的爱德华八世，为了与辛普森夫人结婚，竟然坚决放弃王位，而选择做一个普通的温莎公爵。江山与美人，永远都是英雄的双选题，任何一方，都不是每个帝王能够轻易割舍的。

　　然而，最悲惨的是玄宗这种，美人已经香消玉殒，"为国捐躯"，但自己的江山仍然没有保住，李唐王朝从安史之乱后便走上了下坡路。"赔了夫人又折兵"，真是有苦说不出。"平生只流两行泪，半为江山半美人。"不知道玄宗晚年，会不会也有同样的感慨！

战争：一首望断天涯的哀歌

　　西方有学者曾说，人在这个世界上，最重要的一种感受就是"归属感"。没有归属感，人就没有安全感，更别说成就感。在这一点上，纵观古今，概莫能外。《诗经·君子于役》说，"君子于役，不知其期。曷至哉？鸡栖于埘。日之夕矣，羊牛下来。君子于役，如之何勿思！"大意就是，"我的丈夫在外服兵役，不知道他什么时候才能回来？天色已晚，鸡都进窝了，牛羊也下山了。但此时，我的丈夫现在在哪里呢？我怎么能不想念他呢？"这幅关于家的图景，夕阳、妻子、牛羊鸡鸭，一切都安置妥当，但炊烟袅袅，却看不到丈夫的身影。家，是归途的尽头，也是中国人灵魂最终的依托与归宿。如果失去了这份守候，人世间的一切奋斗都变得毫无意义。

> 长安一片月，万户捣衣声。
> 秋风吹不尽，总是玉关情。
> 何日平胡虏，良人罢远征？

李白《子夜吴歌·秋歌》

　　长安一片皎洁的月色下，女子们捣衣的声音缓缓传来。秋风吹来，又到了给征人送"秋衣"的时候了。什么时候才能平定胡虏的叛乱呢？到时候自己的丈夫也就可以不用远征了吧！月色撩人，也撩拨起这些妇女们的情思。高适《燕歌行》中有诗云："少妇城南欲断肠，征人蓟北空回首。"一边是征夫空望故乡的愁思，一边是留守妇女肝肠寸断的相思，盛世太平，流着男人的血，也洒满女人的泪。在这"血泪相合流"的地方，正是一首首望断天涯的哀歌。

> 车辚辚，马萧萧，行人弓箭各在腰。
> 耶娘妻子走相送，尘埃不见咸阳桥。
> 牵衣顿足拦道哭，哭声直上干云霄。
> ……
> 生女犹得嫁比邻，生男埋没随百草。
> 君不见，青海头，古来白骨无人收。
> 新鬼烦冤旧鬼哭，天阴雨湿声啾啾。

杜甫《兵车行》（节选）

　　战车在轰轰地前行，战马在萧萧地悲鸣，出征的人们，佩带着各自的腰剑。爹娘、妻子、儿女都跑过来送别，尘土飞扬的路上，几乎看不到咸阳桥。亲人们牵着士兵们的衣服痛哭不止。哭声一直传到了天上，直冲云霄。这是"诗圣"杜甫描绘的一幅图景，用这哭声、烟尘，写出了冲天的怨气和悲愤。战争，让人们流离失所，拆散了一个个美满的家庭，就像《诗经》中那守望丈夫的女子一般，每一次战争都增加了许多守候的背影。

　　诗作的后面写了许多士兵，离家的时候还是壮年，回家时已经两鬓斑白。所以，杜甫说，生男孩不好，以后随军打仗难说生死，很

· 123 ·

多人空留一堆白骨在边境，没有人来收。新鬼喊冤旧鬼烦愁，在雨天里声声悲叫。所以，还是生女孩子好，还可以嫁给旁边的邻居，至少不用去从军打仗。可是，杜甫的诗似乎没有料到另一种悲伤：在一个战争频繁的年代，女孩也一样没有幸福的生活。在连年的征战中，女子只有征夫，而永远没有丈夫。所谓家园，其实早已残缺不堪。很多女子就在这无边的等待中苍老，永远不知道何时才能看到丈夫回归家园。

> 泽国江山入战图，生民何计乐樵苏。
> 凭君莫话封侯事，一将功成万骨枯。

曹松《己亥岁二首》（其一）

自安史之乱后，战争开始蔓延到全国。加上唐末开始接连不断的农民起义，所以曹松说，举国的江山都绘入了战图，满目疮痍的时候不要再说什么生民乐于生计的话（樵为打柴，苏为割草，合为"生计"之意）。所谓"宁为太平犬，不为乱世民"说的就是这个道理。颠沛流离，家园离散，哪里还有什么活着的快乐可言。看到人民如此艰难，曹松不免感叹，千万不要说什么封侯拜相的事情，哪一个将军的荣誉不是死伤千万条生命换来的。曹松的这首诗，揭示了所有战争的实质，"一将功成万骨枯"。那些累累的白骨，似乎还泛着淋淋的血迹。但是这掷地有声的哀号不是所有人都能够听到。战争，让人们的脚步离开了家园，也让人们的灵魂无所依靠。那些堆积如山的白骨，那些望眼欲穿的思妇，都没办法再迎来人间的团圆。"匈奴未灭，何以家为"的豪言壮语似乎还依稀回荡在人们耳畔，但是没有了完整的家园，还能有什么人生的希望和幸福呢！

非红颜误国，乃国误红颜

传说杨玉环刚进宫时，发现后宫美女如云，她根本无缘见到皇上，所以终日愁眉不展。有一次，为了打发寂寞的春光，便到御花园赏花，无意中触到了一片草叶，叶子立刻卷了起来。根据现代科学来理解，这是含羞草长期以来适应自然产生的应激性。但放在唐代，也算奇谈怪事了。宫女们都很惊讶，一致认为是杨玉环美若天仙，所以花草都自惭形秽了，见到她不得不低眉折腰。唐玄宗听说后，马上召见了这位"羞花美人"，见其果然绝色倾城，立刻封为"贵妃"。从此，后宫佳丽三千，三千宠爱集于一身。

虽然这只是一种传说，却证明了杨贵妃的美貌足以倾国倾城。唐玄宗虽身为一国之君，面对如花美眷，也有着普通男人的七情六欲。他会吃醋，杨贵妃吹了宁王的笛子令他深感嫉妒。他很重情，梅花飘落的时候，还会送一壶珍珠给曾经的宠妃江采蘋（梅妃），以慰她上阳冷宫中的寂寞时光。所以，他也一样有"出妻献子"的虚荣，希望杨贵妃的美貌可以四海皆知，人人羡慕他有如此美妾。于是，他呼来"诗仙"为自己的女人和爱情写诗。

> 云想衣裳花想容，春风拂槛露华浓。
> 若非群玉山头见，会向瑶台月下逢。
>
> 一枝红艳露凝香，云雨巫山枉断肠。
> 借问汉宫谁得似？可怜飞燕倚新妆。
>
> 名花倾国两相欢，长得君王带笑看。
> 解释春风无限恨，沉香亭北倚阑干。

李白《清平调词三首》

李白的这三首《清平调》自问世起便好评如潮，虽为奉承之作，但句句浓艳，字字香软。诗作忽而写花，忽而写人，由识人而喜花，由爱花而赞人，语义平浅但含意深远。清代沈德潜在《唐诗别裁》中赞其："三章合花与人言之，风流旖旎，绝世丰神。"虽然没有直写贵妃的容貌，却也写尽了杨玉环如花似玉的气韵与风流。

但正如《倚天屠龙记》中殷素素告诉儿子张无忌的话，"要小心女人，越是漂亮的女人越是要小心"。这倒应了历史对君王们的忠告——红颜祸水，添香也添乱。可惜的是，玄宗也没能逃过"美人关"。岂不知倾城与倾国？只怕美人难再得！于是，从此君王不早朝，人生苦短，不如及时行乐！假如历史不异常变幻莫测，也许杨贵妃的人生也不会有许多的转折。

的确，光彩生门户，被君王宠爱固然是一件幸事。"诗仙"李白都来为自己写诗，受到的巴结和奉承多如牛毛，完全可以满足身为女人的虚荣。锦衣玉食，鸡犬升天，别说是嫁给普通人，就算嫁给皇帝的儿子寿王，也从来没有这份滋润与荣耀。可是，这份宠爱也有许多的附加条件。她要遭受三宫六院七十二嫔妃的怨妒，遭受百姓的指责：为了吃荔枝竟然举国震动劳民伤财。最为凄惨的是，她还要在大灾难来临时，做男人的"遮羞布"。

在兵临城下的时候，唐玄宗率领一干人等，撇下百姓暗地逃走，一颗鼠胆，毫无当年合力太平公主扫荡宫廷的威风。虎落平阳，将士们接受了历史的训导，"红颜祸水、奸妃误国"。杨玉环不死，军队便不再前行。与其说唐玄宗为了保全皇室英名，不如说他为了保住自己的性命。他不愿意让玉环死，笙歌夜舞，有多少共度的美好时光。但他又保不住玉环，贵妃不死，众怒难平。就这样，品尝了花容、凝香、春风，得到了皇上馈赠的人间无限风光后，杨贵妃又被心爱的三郎送上了西天。梁上垂下白绫，抬头仰望，这个曾经赐予她无数珠宝、荣华的男人，今天却要硬生生地赐死她！三尺白绫，一段深情，挽了一个死结，却挽留不住她的青春年华！

杨贵妃死了，因为将士们说她媚惑玄宗，令皇上不理朝政，才导致安禄山的叛变、起兵。和西施一样，杨玉环常常被指为"红颜祸水"，人们借着积累的怨气，对她们祸国殃民的罪行大加鞭挞。但是，如果红颜如水，那么是不是也有"水能载舟，亦能覆舟"呢？身居后宫，长孙皇后和武则天都积极参政，相较之下，杨玉环却从来没有丝毫的政治野心，她原本只是期待可以得到一个男人全部的爱。不幸的是，这个男人的全部，竟然是一个国家。

正如紫霞仙子在电影《大话西游》的结尾含泪道出的心声："我的意中人是个盖世英雄，有一天他会踩着五彩云霞来见我。可是，我猜得到这开始，却猜不到这结局。"能够嫁给盖世英雄固然令人羡慕，但也因这份世所瞩目，要随时承担放弃爱情或生命的可能。大局当前，牺牲的常常是弱小女子，她们用自己的青春和美丽换来了短暂的辉煌，也无情地沦为政局动荡、平息民怨的炮灰。

但战乱的硝烟总会散去，激愤的群情也会渐渐地冷却。所谓"红颜误国"也会发人深省。

> 马嵬山色翠依依，又见銮舆幸蜀归。
> 泉下阿蛮应有语，这回休更怨杨妃。
>
> 　　　　　　　　　罗隐《帝幸蜀》

诗人罗隐说，"马嵬坡前，山色青翠依旧，这一次是黄巢攻入长安，唐僖宗仓皇出逃。唐玄宗泉下有知，恐怕会发出这样的感慨，这一回可不要再埋怨杨贵妃了"。言外之意，当年玄宗为堵众人之口，赐死杨贵妃，既是逼不得已，也是嫁祸于人。拿一个毫无政治头脑的女人开罪，折损了玄宗的一世英名。如今，罗隐假托玄宗的口气来劝告后辈，既有不平之怨气，又显辛辣与讽刺。没有杨贵妃，后代李氏子孙也一样难免出逃的厄运。杨贵妃，不过是充当了一次"历史的挡箭牌"。

而唐明皇所赐给杨贵妃的幸福，也如刀锋上行走的爱情，锐利、锋芒，有夺人的目光，也含着一片杀气腾腾。作家张小娴说，"爱，从来就是一件千回百转的事。不曾被离弃，不曾受伤害，怎懂得爱人？"可是，假如爱情只是一种恩赐，假如快乐的尽头是悲凉的牺牲，杨贵妃还会做出这样的选择吗？会不会愿意永远留在寿王府，做开心、快乐的寿王妃，然后白头到老，儿女成群。

但是，作为封建社会的弱女子，面对皇权，她别无选择。最可笑的是，连自己的命运都无法改变的人，却必须担着祸国殃民、改写历史的罪名。这样的红颜，真是窝囊！

活着之上

孔子对于大同世界的勾描，代表了很多中国人的生活理想："老有所终，壮有所用，幼有所长。矜寡孤独废疾者，皆有所养。"在这样大同的社会中，人们和睦相处，衣食无忧。这一理想看似简单，在古代社会却很难实现。首先是经济水平有限，物质生活达不到高度繁荣；同时兼有苛捐杂税的盘剥，加上战乱、饥荒，常常是连温饱都困难，更不要妄谈什么幸福生活了。晚唐诗人皮日休就曾经写诗揭露过普通人民的痛苦生活，诗是这样写的：

> 秋深橡子熟，散落榛芜岗。伛伛黄发媪，拾之践晨霜。
>
> 移时始盈掬，尽日方满筐。几曝复几蒸，用作三冬粮。
>
> 山前有熟稻，紫穗袭人香。细获又精舂，粒粒如玉珰。
>
> ……
>
> 自冬及于春，橡实诳饥肠。吾闻田成子，诈仁犹自王。
>
> 吁嗟逢橡媪，不觉泪沾裳。

皮日休《橡媪叹》（节选）

这首《橡媪叹》是皮日休的代表作，他通过对"橡媪"这一形象的同情，深入地刻画了唐末农民的悲惨生活。诗作从深秋时一位老妇人上山捡橡子开始写起。这位黄发老妇躬身驼背，踩着清晨的霜雾，辛苦了整整一天，才拾了一筐橡子。拿回去之后，几经暴晒和蒸煮，用以做过冬的粮食。看到此处，可能很多人会以为是收成不好。但实际上并不是这样。

皮日休接着描写了丰收的欢快。他说，山下的稻子都熟了，稻穗飘香，香气阵阵扑面而来。仔细地挑选然后再认真舂米，简直是颗颗饱满，粒粒晶莹。可惜，除了交官税，还要受地方官吏的盘剥，他们用官粮放高利贷借给农民，等农民收获的时候，他们将"官粮"放回农仓，然后从中获取"高额利润"。所以皮日休感慨"橡实诳饥肠",农民辛辛苦苦地忙了一年,结果还要吃橡子这种算不上粮食的东西来充饥。遇到这样捡橡子的老太太,觉得实在可怜,不自觉就流下了眼泪。

李绅的《悯农》诗曾写道:"春种一粒粟,秋收万颗子。四海无闲田,农夫犹饿死。"春种秋收,四海没有空闲的土地,但是农夫到最后还是被饿死。结合皮日休的诗来看,除了官税,还有官员的盘剥,到处都要收"服务费""手续费",年年月月没有存粮,饥荒的时候还要向官府借债,常常忙了一年还是一无所获,到头来只能捡些野果子糊口。

这就像白居易笔下的卖炭翁,终年在山里砍柴、烧炭。满脸都是灰尘,被焰火熏得变了颜色,两鬓霜白,十指却被炭火熏黑。

> 卖炭翁,伐薪烧炭南山中。
>
> 满面尘灰烟火色,两鬓苍苍十指黑。
>
> 卖炭得钱何所营?身上衣裳口中食。
>
> 可怜身上衣正单,心忧炭贱愿天寒。
>
> 白居易《卖炭翁》(节选)

那么,卖炭得到的钱用来干什么呢?也就是勉强买几件衣服,为了糊口的粮食。可怜老人家穿着单薄的衣服在冰天雪地里卖炭,自己冻得瑟瑟发抖,却还希望天气可以更冷些,因为怕自己的炭掉价不值钱。但是官吏一来,说是奉旨办事,一车千余斤的炭,就被强行拉走,老翁只能无可奈何地看着他们,顿足捶胸,无计可施。白居易的这首《卖炭翁》写到这里就结束了,但是对于可怜的老人来讲,一切还没有结束,没有"身上衣""口中食",他们将如何维持未来的生活!

罗隐有诗云:"不论平地与山尖,无限风光尽被占。采得百花成蜜后,为谁辛苦为谁甜?"(罗隐《蜂》)诗人将辛苦劳作的人们比喻为辛勤的蜜蜂,酿百花成蜜,自己却吃不到一口甘甜。所以,有歌曾唱:"看我这一生,峰回路转,为谁辛苦为谁忙?"宋代梅尧臣在

《陶者》诗中也曾描述过类似的情景："陶尽门前土，屋上无片瓦。十指不沾泥，鳞鳞居大厦。"就是说，整天在烧瓦的工人，房屋上面却没有瓦；而十指没有泥点的人，却可以住在富丽堂皇的地方。这是社会的极大不公平，也是普通百姓没办法继续生活的重要原因。而这些深刻的社会灾难，常常会引起诗人们的愤慨。

所谓"黑暗"未必都发生在诗人身上，却让他们非常难过，一方面是他们悲天悯人的情怀所致，另一方面，也源于这些诗人身上流淌着儒家的博爱精神。就拿大同社会的理想来说，"矜鳏寡孤独废疾者"都是在人生健康和幸福上受到坎坷与挫折的人，即便不是弱者，至少也算弱势群体，所以值得同情和帮助。"老吾老以及人之老，幼吾幼以及人之幼"。对弱势群体生存质量的改善，才是人类终极关怀的集中体现，也是社会进步的显著标志。

杜甫写诗《茅屋为秋风所破歌》，说八月的秋风卷走了他屋上的茅草，屋漏偏逢连夜雨，屋子里雨脚如麻，连床头都没有半点干爽的地方。但是这个时候，他想的不是自己的困难，而是想到了全天下的百姓，"安得广厦千万间，大庇天下寒士俱欢颜，风雨不动安如山！呜呼！何时眼前突兀见此屋，吾庐独破受冻死亦足！"假如全天下的人都温暖如山，只有我一个人受冻，我就是冻死也不觉得惋惜。儒家精神讲究"穷则独善其身，达则兼善天下"。而杜甫似乎将这种精神发挥到了更加极致的状态，连自己穷的时候都想着"天下苍生"！

然而，杜甫的悲鸣毕竟微弱，一个人再强大也无法力挽狂澜，尤其是整个大厦都即将倾倒的时候。

说英雄谁是英雄

据说，写诗的那一年，他刚刚五岁，也有人说他已经八岁了。那年秋天，父亲和祖父在庭院里咏菊。按照古代文人的审美习惯，自陶渊明后，菊花便成了隐者志洁与高贵的象征，而咏菊也成了诗坛雅士的一种传统。归根结底，所有的主题都脱不了孤高傲世的精神底色。结果这一天，在父亲和祖父还没有写好菊花诗的时候，他就抢先说了这样一句："堪与百花为总首，自然天赐赭黄衣。"这句诗的意思是：能够与百花共存，而且被尊为花王，上天自然会赐我为王。赭黄衣是皇帝袍服的代称，象征着无上权贵。

彼时，他还仅仅是个学龄前儿童，应该和神童骆宾王一样，写些"白毛浮绿水"的句子，不料却吟诵了这样奇怪的诗。父亲生气了，刚要责打他不学无术，反倒是祖父替他解围，说让他再赋一首试试。思忖片刻，他高声吟诵出这样一首七绝：

飒飒西风满院栽，蕊寒香冷蝶难来。

他年我若为青帝，报与桃花一处开。

黄巢《题菊花》

秋风萧瑟中，满院秋菊赏心悦目。可是，在这寒冷的秋天，花蕊渗透着料峭秋意，冷韵幽香扑面而来，毕竟不是风和日丽的春天，连蝴蝶都很难过来采摘花蜜。如果有一天，我当了号令春天的花神，我定要让菊花和桃花，一起在盎然的春色中绽放。有评论说，这十足体现了诗人打算执掌大权，救百姓于肃杀的秋天中，让他们体会春天温暖的雄心壮志。也有人说，凭什么桃花能在最浪漫的春天开，菊花却要独守寂寞呢！让百花都在一个季节开放，深刻体现了古人朴素的平等观念。然而这些理想，很显然都是后人根据他的英雄事迹分析出来的。但不管怎么说，能够咏出"若为青帝"的诗句，黄巢在未来岁月"振臂一呼，应者云集"的态势，已然初露端倪。

说来也算一种历史巧合。似乎不仅黄巢喜欢写诗，历朝历代的政治领袖、神武将军、马上英雄、山寨大哥，都有类似的爱好。像梁山好汉宋江，在喝醉之后就曾题诗一首《西江月》，说："他时若遂凌云志，敢笑黄巢不丈夫！"言外之意，"等我实现了自己的凌云壮志，人们就会知道，我宋江比黄巢还英勇，我的事业才是真的大丈夫所为"。这虽然是酒后疯话，却可以看出，作为农民起义的领袖，宋江不但不是文盲，还喜欢舞文弄墨。唐末诗人林宽有诗云："莫言马上得天下，自古英雄皆解诗。"似乎也正应了这个道理。胜者王侯败者寇，不管能否最终成就霸业，在起兵之时，皆有鸿鹄之志。刘邦、项羽、李世民等都如此，黄巢也一样。

> 待到秋来九月八，我花开后百花杀。
>
> 冲天香阵透长安，满城尽带黄金甲。
>
> 黄巢《菊花》

这首《菊花》，是黄巢流传最广、影响最深的一首诗，也有人称为《不第后赋菊》，说是在黄巢落第后，写此诗表达强烈的反抗精神。但就诗中的气度来看，应该是他人生鼎盛时的作品，也就是他率领数十万起义军围困长安时所作。黄巢在兵围长安之时，胸中止不住的豪情荡漾，想到未来将一鼓作气，以激越、湍急之势冲抵长安，更增添了对胜利的磅礴想象。

九月初九本为中国传统的重阳节，这一天里人们登高、赏菊，与亲人团聚。秋高气爽、心旷神怡，以登高来祝福生活的步步高升。既有节日的喜庆，也有一层成功的寓意。所以，黄巢说，九月初八的时候，当菊花开遍京城时，百花都已经凋落了。只有秋菊的香气，四处弥散，冲透长安，而遍地开放的，正是犹如黄金铠甲般的菊花！

此诗最为精妙处在于，虽然题为"菊花"，但全诗不着一个"菊"字，通过对色彩、气味、状态、场景的描绘，将菊花和起义军的气魄，合二为一，形神兼备，斗志昂扬。而那直逼长安、迫不及待的感情，也随着菊花的浓郁直冲云霄。历来，咏菊者甚众，但多为意境高远，避世消难的象征。唯有黄巢，以不可匹敌之势，改写了菊花的风采，令他在隐士的气质上，增添了战士的豪迈，也由此刷新了"咏菊诗"的主题。

也因为这份别致，张艺谋导演取诗句为名，导演了一出《满城尽带黄金甲》的历史大戏。王权帝位的血腥残杀，情欲伦理的精彩博弈，生命的悲歌，历史的长叹，都融在了这部电影中。联想黄巢进兵长安后，吃喝享乐，鱼肉百姓，对权力和女人的占有欲也不断膨胀，这一点倒是和电影的主旨有息息相关之处。而且，电影终归要闭幕，人生也一样。

关于黄巢的结局，始终众说纷纭。有人说他兵败后自尽，也有人说他削发为僧。出家的传说，来源于那首《自题像》：

> 记得当年草上飞，铁衣著尽著僧衣。
>
> 天津桥上无人识，独倚栏干看落晖。

黄巢《自题像》

全唐诗一共收录了黄巢三首诗，而这一首的真实性，常常因为他人生扑朔迷离的谢幕而变得富有争议。那些心如狂草的日子已经一去不复返了，脱掉了铠甲换上了僧衣。从俗世入佛门，看似只是一步之遥，却是从戎马倥偬的波澜壮阔，变身为佛门清修的静如止水。"独立市桥人不识，一灯如豆看多时。"天津桥上，曾经叱咤历史舞台的风云人物，居然没人再认识。独自依着栏杆，看落日余晖，英雄迟暮的岁月，挽不住韶华流逝的悲哀。

其实，在所有的结局与想象中，对黄巢来说，"遁入空门"应该是最好的归宿。《倚天屠龙记》中的金毛狮王谢逊，也曾是两手沾满鲜血的恶魔，但放下屠刀，却修炼成一代高僧。有过金戈铁马的豪壮，纵横江湖的霸气，有过生命炽热的痛与乐、爱与恨，回首已经千疮百孔、不堪回首的人生，定会有许多寻常人所不能体会的妙悟。

余晖散尽后，黄巢是否还能记得"他年青帝"的梦想，冲天香气的誓言，或者偶尔怀念起他那灿如金菊的光辉岁月？

黄巢起义后，唐王朝勉强维持了二十几年，便灭亡了。

卷八　一介书生家国梦

当一个人只是活成了一个人，太小了。人，应当活成山河，活成日月，活成边塞，活成刀剑，活成一个锋芒毕露、血泪流淌却又沉淀如金的故事。

纵死犹闻侠骨香

投笔从戎，将家国安危系于己身；听鼓角争鸣，望烽火边城，黄沙漫天的古道，闪烁着刀光剑影。策马扬鞭，一骑绝尘，青春的渴慕与热盼都是战死沙场，报答家国双重恩。这是王维的梦想，也是当年所有长安少年的渴望。

> 出身仕汉羽林郎，初随骠骑战渔阳。
> 孰知不向边庭苦，纵死犹闻侠骨香。
>
> 王维《少年行四首》其二

王维说，离开家不久便成了皇帝的御林军，随后就跟着骠骑将军辗转沙场，参加了渔阳大战。其实，谁不知道远赴边疆既辛苦又危险呢？但是保家卫国是每一个男人责无旁贷的使命，纵然战死疆场，留下一堆白骨，也同样飘着淡淡的清香。这是王维笔下的壮志，也是很多当年才俊的梦想。由古至今，对"保家卫国"这一理想的诉求，似乎从未改变过。

曾经轰动一时的电视剧《士兵突击》就深刻地印证了这一点。这部围绕笨拙的士兵成长经历的剧集，将生命的历练与萃取，朋友的选择，人生的担当和勇气，都巧妙地融合在一起，当年赚足了人气。很多评论家对此颇为不解，为什么和平年代，还有那么多人对绿色的军营魂牵梦绕，心向往之。也许，只有一个理由可以解释，那就是"成长与担当"。

　　从一个人人忽视甚至鄙视的无名小卒，成长为一名卓越优秀的战士，钢枪、军号，这一切都见证了士兵的成才与成长。对国家的忠诚，为百姓的平安，在挫折中战胜自己，也战胜了敌人。过得了这一关，人生的大风大浪便再也不怕了。所以，古今中外，军营都是对男子汉的历练与考验。而王维，那时也正青春年少，热血沸腾，对杀敌报国自然也充满了向往。所以，那些在许多诗人笔下，凄惨的离别，遥远的相思，在他的身上还都不曾在意。他所关注的只是尽自己的全力报效祖国。而这份报国之志，似乎也是所有有志青年的共同心声。

　　闻君为汉将，虏骑罢南侵。出塞清沙漠，还家拜羽林。

　　风霜臣节苦，岁月主恩深。为语西河使，知余报国心。

崔颢《赠梁州张都督》

　　这是崔颢写给边疆将士的赠诗。诗中说，听说你做了将军，从此胡虏的铁蹄就再也不敢南侵。这里的汉将，其实和王维"出身仕汉羽林郎"一样，都是以"汉"代"唐"的比喻。大汉的风骨、气度、繁荣，以及天朝大国的霸气，似乎一直是唐代诗人所钦佩和羡慕的。以汉喻唐，追忆前朝的繁华，也倾注了对盛世王朝的仰慕。在这样的情怀下，能够杀敌报国，也是男人的一种荣幸。所以崔颢接着说，你出塞回来，还朝就拜为"羽林军"。扑面而来的风霜和风尘，令将士们都感到辛苦，但随着岁月的流逝，大家都将感激皇上的恩情。

　　这一点恐怕现代人是理解不了的。"我在艰苦的环境中冲锋陷阵，班师回朝，还要感谢君王；而皇上坐镇朝堂，没有御驾亲征，没有深入军中体验生活，为什么感激他呢？"崔颢在诗歌的最后两句点明了这种感情：这首诗是为西河使所作，我知道你拳拳的报国之心。从这句话里，崔颢对西河使的勉励之情跃然纸上。一个愿意驻守国家边陲，保社稷人民安康的将军，即便吃苦再多也会感激皇帝。没有"主恩"，便没有匹马戎装的机会，更没有施展豪情与斗志的战场。所以，"谢主隆恩"在将士们的心目中，确为发自肺腑的热忱。也因为这份铁血男儿的斗志昂扬，将书生们的爱国激情深深唤醒。

> 烽火照西京，心中自不平。牙璋辞凤阙，铁骑绕龙城。
>
> 雪暗凋旗画，风多杂鼓声。宁为百夫长，胜作一书生。
>
> 　　　　　　　　　　　　　　　　　　杨炯《从军行》

紧急的军情犹如燃烧的烽火，迅速传到了西京。"天下兴亡，匹夫有责"的感受将书生意气层层激荡，心中的英气突然翻滚，再也不想端坐书斋，消磨青春与人生。辞别皇宫，从皇帝的手中领到那支令箭，铁骑龙城，国人的希望都寄托在金戈铁马的沙场。大雪纷飞，军旗上的彩绘也在岁月的风尘里渐渐褪色，狂风怒号，鼓角争鸣的喧闹夹杂在风中。诗作的最后两句，杨炯直抒胸臆，"宁为百夫长，胜作一书生"。哪怕只是当个小官，也好过在书房里静坐。急迫的冲动，如飞流直下，在山涧中激起阵阵轰鸣、气壮山河。

谁都知道，戍边难，从军苦，生死未卜，常常承担妻离子散的危险。明月当空，想起远方的家人，归家的想念也会油然而生。可是，这些似乎都只是军旅生活的插曲，而回荡在他们心中的主旋律，永远都是"征战"。

> 葡萄美酒夜光杯，欲饮琵琶马上催。
>
> 醉卧沙场君莫笑，古来征战几人回。
>
> 　　　　　　　　　　　　　　　　　　王翰《凉州词》

其实，谁都知道从军打仗总会有所死伤，那么不如开怀畅饮，醉卧沙场。就算是喝醉了，希望也不会有人笑话我们，自古征战，哪有几个人是活着回去的呢？这本是一个引人伤感的话题，将士们为了家园的安宁必须出来打仗，而战争的背后似乎又是更多死伤。但这一切似乎并没有动摇他们的志向。相反，在将生死置之度外后，他们显得更加豪迈。

　　甘甜的美酒，通透的夜光杯，断断续续传来的琵琶声，都汇成了独特的音乐，流淌在他们的心里。功名利禄似乎并不重要，封侯拜相也不再计较，只有此刻盛宴的豪华，开怀畅饮的痛快，才是人生最可珍惜的经历。所以，诗人戴叔伦在《塞上曲》中说："愿得此身长报国，何须生入玉门关。"能够驰骋疆场，报国报民，又何必在乎自己的生死呢？可见，英雄之气，磊磊风骨，早已存于胸中，为国为民为众生，肝脑涂地，哪里还顾得上生死！

　　射雕英雄郭靖曾告诫杨过，"侠之大者，为国为民"，他苦守襄阳多年，对抗蒙古大军，正是此类不为功名只为民的典型，也因此被江湖人士尊为"北侠"。纵观历史，无论是岳飞、文天祥，还是王维口中大战渔阳的骠骑将军霍去病，他们精忠报国都不是为了功名利禄，加官晋爵，而是希望收复江山，还百姓以安宁。保家卫国，也只有这些放下个人得失的英雄，才能如诗中所说——"纵死犹闻侠骨香"。

谁是谁的梦里人

　　"梦中人，熟悉的脸孔，你是我守候的温柔。就算泪水淹没天地，我不会放手……"这首《美丽的神话》是电影《神话》的主题曲，至今仍是各大K歌榜上的经典曲目。电影刻画的是一段凄美的爱情故事。现代考古学家Jack总是梦到一个清丽脱俗的白衣女子，每每伸手，却变成"触不到的恋人"，夜夜惊醒，徒增惆怅。时空交错中，Jack的前世原来竟是秦代将军蒙毅。他死在叛军之手后，深爱他的朝鲜公主却并不知情，在地下亡陵中不眠不休苦等千年……

　　如此无望的爱情守候放在如今，人们自然当成"神话"。便利的通信设施，准确的卫星定位，根本不需要苦等千年。但同样的期盼和守候，放在古代，的确是不争的事实。

　　誓扫匈奴不顾身，五千貂锦丧胡尘。

　　可怜无定河边骨，犹是春闺梦里人。

陈陶《陇西行》

　　陈陶的这首诗，开篇气势雄伟，发誓扫平匈奴，所以兵将们都奋不顾身。结果，不幸的是，五千将士惨死在战争中。可怜那些倒在河边的累累白骨，依然是妻子春闺中深深思念的丈夫。诗作从起初的昂扬转为哀伤，及至最后一句，思念之情如断肠草，令人不忍卒读。在丈夫出门远征的时候，很多妻子都在他们的衣服里绣上象征平安、吉祥的神兽或者花草，还有女子专门去庙里为丈夫求"平安符"。在她们心里，这样就可以保佑丈夫早点破敌制胜，平安归来。

　　然而，战争是那样残酷，自古以来，刀锋上舔血的战士，没有几个人能够全身而退。战死的自是不必多说，很多在战争中受伤的，因为得不到及时的治疗，也逃不过死亡的厄运。

　　行多有病住无粮，万里还乡未到乡。

　　蓬鬓哀吟古城下，不堪秋气入金疮。

卢纶《逢病军人》

　　在这首诗中，卢纶将"病军人"的苦、愁、忧、痛刻画得入木三分。首先，他写到这个多病的军人，因为走了太远的路，所以没有了继续赶路的口粮。万里归乡之路，变得更加漫长。在这位军人心里，"叶落归根，我还没有到家，怎么能死去呢？好不容易从战场上活着出来，虽然已经伤残，但如果回到家里，就可以与亲人团聚了"。可是，战场上受的伤还在隐隐作痛，行了这么远的路已经疲惫不堪，尤其是连吃的东西都没有了，根本不知道要死在什么地方。所以，卢纶不禁感叹他蓬头垢面，身心俱疲，哪里还能忍受秋天的寒气深入他已然恶化的伤口呢？古城之下，他的叹息如此微弱，也显得那样孤寂。就是这样一个生病的军人，无依无靠，也很有可能病死他乡，或者饿死他乡。假如他就这样死了，他的家人也依然无从知晓。累累白骨，不管是堆在硝烟散尽的河边，还是古城外荒凉的墙根，他们都是年轻的妻子们日夜思念的人。如果人真的有灵魂的话，就会像《神话》中的蒙毅与公主那样，隔山隔水，前世今生，也要等到团圆的那天。这些苦命的军人，地下有灵，恐怕也能托梦到妻子们的枕边，替她擦干泪水，在梦中相依相伴。

诗人金昌绪曾经写过这样的诗："打起黄莺儿，莫教枝上啼。啼时惊妾梦，不得到辽西。"（《春怨》）诗的大意是：一个年轻的少妇起床后，云鬟花偏径直走到窗前，嗔怒地赶走了清晨中欢快啼叫的黄莺。她责怪它们的叫声惊醒了她的美梦。在梦中，她正走在通往辽西的路上，日夜思念的丈夫马上就可以见到了，所有的相思和喜悦都凝成了一团，结果却不幸被黄莺吵醒。不知熬了多少个日夜，盼了多少回月圆，不能相见，便只能期待梦中团圆。连虚幻的美梦都做得不甚齐全，难怪她愤怒地赶走了这些无辜的鸟儿。

很多人都承认，"梦是心中想"，是人在白天无法获得完善时，夜晚的一种心理补偿。这些可怜的少妇，终年不见自己的丈夫，想念、惦念、思念，欲诉无人能懂。只能凭借自己的幻想、猜想，一次次在心中勾画丈夫的形象；只能一次次低声问自己，他现在过得怎么样？

> 夫戍边关妾在吴，西风吹妾妾忧夫。
>
> 一行书信千行泪，寒到君边衣到无？
>
> 陈玉兰《寄夫》

"男子打仗到边关，女子纺织在家园。"陈玉兰的这首《寄夫》描写的正是这种场景。丈夫去戍边，妻子只能留在家中。西风吹来，寒意弥漫，妻子担心的不是自己，而是远在外面的丈夫。一行书信千行泪，纸短情长，诉不尽的是绵绵情谊。相思，就这样伴着记忆，陪同生命一起疯长。寄去的除了书信，还有妻子做给丈夫的棉衣。可是，战乱时期，她没有办法知道丈夫是否收到了寄去的衣服，寒风来袭，不知道他有没有穿上自己亲手缝制的御寒衣？一切都是未知的猜测，在春闺的梦里，在无数个相思的深秋或雨季。

战争和爱情一样，都是文学创作的主题。但是，"纵死犹闻侠骨香"的气魄在中唐后已日渐消散，留下的只是杳无音信的焦虑，独守空房的寂寞，连着无望的期盼与孤独，就这样在女人们的心中汩汩地流淌，凄婉、缠绵、悲伤欲绝。

塞外烽烟塞外香

曾经有人做过粗略的统计："唐代诗人中，无论是著名的还是不著名的，至少都写过一首边塞诗。"朝堂高官，军队武将，甚至连文弱书生都能够写出豪放的边塞诗。"大漠孤烟直，长河落日圆"，盛唐的自信与自豪都消融在诗作里，化为一幅幅边塞美景，如烽火狼烟，从心底渐渐地腾起。

> 十里一走马，五里一扬鞭。
>
> 都护军书至，匈奴围酒泉。
>
> 关山正飞雪，烽火断无烟。

王维《陇西行》

诗作起笔，以走马扬鞭的急迫态势，展示了十万火急的军情。风驰电掣的军书，只有简洁的一条消息：匈奴迫近，已经围住了酒泉（地名）。可是，抬眼望去，关山飞雪，一片白茫，根本看不到传递消息的烽火。这飞马疾驰传来的消息，该如何继续传递出去。刻不容缓的军情遭遇连绵的飞雪……这首《陇西行》犹如边塞生活的横断面，从天而降，切开了军旅生活紧张的节奏，便戛然而止，消失得无影无踪。至于后面的故事，犹如茫茫白雪，无迹可寻，却引人想象。

王维素以山水田园诗著称，其笔调清新优美，常常流淌着静静的禅意，被尊为"诗佛"。不料王维少年时也是一位深受儒家思想影响的人，有强烈的入世思想。这首《陇西行》快马加鞭的急促，风风火火的杀气，也算是对他早年积极进取的一种诠释。宋代严羽在《沧浪诗话》中曾说："唐人好诗，多是征戍、迁谪、行旅、离别之作，往往能感动激发人意。"而在这些诗中，边塞诗无疑最具豪情。所以，林庚先生在《唐诗综论》中说："边塞诗是盛唐诗歌高峰上最鲜明的一个标志。"

> 青海长云暗雪山，孤城遥望玉门关。
> 黄沙百战穿金甲，不破楼兰终不还。
>
> ——王昌龄《从军行七首》其四

青海上空，长云漫卷，渐渐地遮住了雪山。站在孤城之上，遥望远远的玉门关，不禁想起家乡和亲人。"黄沙百战穿金甲"，短短七个字中，深藏了战争的长久与艰苦，时间的流逝犹如滚滚黄沙，在身经百战中，渐渐地磨透了将士们身上厚重的铠甲。这漫长的军旅生活不知道什么时候才能结束。可是，没有短暂分离也便没有长久相聚，只有打退了入侵的外族，才能回归田园，过幸福的日子。所以，还是要鼓励自己，激励同伴，并写下这豪言壮语，"不打败敌人绝不还家"。辛劳与责任，光荣与梦想，都在气势如虹的边塞诗中得到了充分展现。

有人说，唐朝是中国历史上最为意气风发的时代，因为强大，也因为壮美。辽阔的疆土，壮丽的河山，常常能令诗人们陡增豪迈之情；而这份冲天的志向，又以恢宏的诗篇丰富了大唐的雄壮。黄沙漫漫，白雪纷纷，边塞生活的劳苦与艰辛，恐怕是许多诗人早已料到的。

即便如此，他们依然争先恐后地涌向绿色的军营。辞家而去保家，跑到条件恶劣的前线去体验生活，兑现自己的想象，不怕刀兵相见，流血与牺牲。究其原因，恐怕和唐朝战争频繁，且胜战较多有关。所以，岑参说："功名只向马上取，真是英雄一丈夫。"只有金戈铁马的纵横，才能更好地泼洒青年人的赤诚。这份热烈的冲动，也燃烧了更多激情。

在理想主义和浪漫主义的交织下，苦寒之地的边塞荒凉，也常常变为诗人眼中的奇绝美景，散发着迷人也诱人的芬芳。

　　君不见走马川，雪海边，平沙莽莽黄入天。

　　轮台九月风夜吼，一川碎石大如斗，随风满地石乱走。

　　匈奴草黄马正肥，金山西见烟尘飞，汉家大将西出师。

　　将军金甲夜不脱，半夜军行戈相拨，风头如刀面如割。

　　马毛带雪汗气蒸，五花连钱旋作冰，幕中草檄砚水凝。

　　虏骑闻之应胆慑，料知短兵不敢接，车师西门伫献捷。

岑参《走马川行奉送出师西征》

岑参的边塞诗似乎都有一个共通的特点，就是语意新奇，壮烈而又瑰丽。诗歌从茫茫黄沙写起，戈壁的荒漠与寂寞都在幕天席地的浑黄中展开。首先是狂风怒吼，那些像斗一样大的碎石，就随着狂风满地滚动，飞沙走石的险境历历在目。匈奴借着草黄马肥的机会，率领大军来侵犯大唐江山。将士们晚上都不脱盔甲，顶着如刀的狂风在暗夜里行军。最为奇特的是那些同样劳累的战马，在寒冷的天气里，可以看到马毛上虽然沾着雪，却因连夜行军地奔跑，令它们浑身冒着热气。但是天寒地冻，热气一遇到冷空气，反而形成了一串串冰花凝结在战马身上。军帐里起草檄文时，发现砚台里刚刚倒出来的墨水也凝成了冰。在这呵气成霜的时候，诗人的笔墨却似乎更加酣畅淋漓。他说战士们顶风冒雪的姿态一定会吓倒敌军，料想连仗也不用打了，我们就可以胜利还朝。虽然这只是岑参浪漫的幻想，但他对边塞生活细致入微的观察与描摹，却给人以蓬勃的激情，豪迈的气势，擦出了电光石火般的力量。

塞外风光的奇特与莫测，是大唐子民所无法料到的。如果不是亲历战争，恐怕岑参也很难从变幻莫测的气候中捕捉到灵感的火花。作为由南方而来的战士，岑参对北方的生活充满了好奇。北风吹，大雪飞，塞外苦寒美。当他以"发现新大陆"般的惊喜来描绘北方的风景时，一切都显得那么神奇。

北风卷地白草折，胡天八月即飞雪。

忽如一夜春风来，千树万树梨花开。

……

轮台东门送君去，去时雪满天山路。

山回路转不见君，雪上空留马行处。

岑参《白雪歌送武判官归京》（节选）

平地而起的北风，吹折了"白草"。八月秋高气爽之际，胡地竟然已经开始大雪纷飞。而大雪骤然降落，一夜春风，犹如千朵万朵的梨花沉沉地压在枝头。诗的末尾处，岑参送客来到路口，漫天飞雪，再也看不见行人。山回路转，只有雪上空空地留着马蹄的痕迹。在这歪歪斜斜的蹄印中，岑参看到了什么呢？苦寒之地的奇景、豪情，抑或是如白雪一般悠悠不尽的思乡与惆怅！

手中有剑，心中有和

和西方人的对抗性相比，中华民族历来都不是一个"尚武"的民族。西方文化有很强的爆发力，生命的底色常常是为尊严、为爱情而战，著名诗人普希金就是死于一场决斗。而翻开古希腊神话，那些纵横在战场上的勇士，身上都凝结着股股杀气，"话不投机半句多"，只要被激怒了，就一定要将这盆烈火打翻，以换来更辽阔的燃烧。

相反，在中国传统文化中，人们喜欢冲淡、平和，也因此讲究中庸、守成，力求找到一种较为平和的方法来解决争端和纠纷。圆润与通达，似乎一直是中国文化如水般的底蕴。但"水随器而圆"，有清澈的池水，宁静的小溪，自然也有湍急的瀑布，拍岸的惊涛，就像中华民族虽然并不崇尚武力，但也从不害怕战争一样。所以，面对外敌犯境，很多诗人都表达了无所畏惧的信心。

秦时明月汉时关，万里长征人未还。

但使龙城飞将在，不教胡马度阴山。

王昌龄《出塞》

明代文学"后七子"的领袖李攀龙，将王昌龄的这首《出塞》评为"唐人七绝的压卷之作"，赞誉奇高。诗中说的"秦时明月汉时关"，秦、汉、明月、关塞，都融合在一起，叠加成各种不同的画面。

自秦汉以来，冷月边关，一切似乎都没有变化；而停在月下关口的征战似乎也从未停止。在辽远的时空里，战争似乎成了明月、关隘唯一的主题。万里征途，将士们此去还没有回来。假如镇守龙城的卫青还在，抗击匈奴的飞将军李广还在，便再也不会有外敌入侵边境。实际上，龙城和飞将都不是指代某个人，而是暗含了对良将名臣的呼唤。只要有这样勇猛的将军，便可以让人们过上和平的生活。其实不仅是秦汉，世世代代的人们所渴望的都不过是安居乐业的生活。

这首诗看似平常，写的是古代常见的边塞战争。实际上暗含了一个主题：和平。王昌龄说只要有奋勇杀敌的将军，为国捐躯的战斗精神，就可以抵御外族的侵扰，还百姓以安宁。这里，并没有"笑谈渴饮匈奴血"的胆魄，也没有"直捣黄龙"的野心，在他心里，只要能够镇守住边疆的平安、祥和，对敌人有震慑力就足够了，并无攻城略地，挥师抢占别国领土的意图。而这份"点到即止"的战争观，其实就来自传统文化的"平和"之气。

《论语》中说："礼之用，和为贵，先王之道，斯为美。"翻译成现代文字，就是：礼的功用就是要以和为贵。而君王治理国家，最宝贵的地方也正在于此。中国人向来性情温润如水，农耕文明的安定性也决定了这个民族不像游牧民族那样喜欢打仗。能够安安稳稳地过日子，是历代百姓的共同心愿。所以，中国古人的战争，绝少是为了征服，更多是希望以短暂的战争换取长久的和平。如此一来，"战"似乎就不再重要，而如何"战"，并快速结束战争就成了讨论的焦点。

> 挽弓当挽强，用箭当用长。射人先射马，擒贼先擒王。
>
> 杀人亦有限，列国自有疆。苟能制侵陵，岂在多杀伤？
>
> 杜甫《前出塞》

杜甫说，挽弓一定要挽强弓，用箭一定要用长箭。这是说在进行战争前，要先准备好自己的工具。强弓、长箭自然都是锐利的武器，有助于战事的胜利。而射人的话，可以先射倒他的马，马倒了，人自然也就丧失战斗力了。如果擒贼的话，应该先把他们的头领抓住，这样的话，"人无头不走，鸟无头不飞"，敌军队伍一乱，自然就对我方战局有力。

为什么要射马、擒王呢？因为可以少杀人，而且快速地结束战争。所以，杜甫接着说，杀人是有限度的，每个国家都有自己的疆域。如果能够制服他们，不再忍受他们的欺凌和侵略，又何必多杀无辜的人呢？这似乎暗含了中国文化传统中"和为贵"的思想。

《孙子兵法》有云："是故百战百胜，非善之善也；不战而屈人之兵，善之善者也。"说的就是百战百胜虽然值得庆祝，但并不是最好的事情。能够不经历战争就让对方投降，或者如飞将军那样镇住敌兵，才是上上策，是最高的计谋和智慧。这种观点与杜甫的"守成"完成了一次思想内涵的对接，更将中国如水般的智慧演绎得淋漓尽致。

> 一条古时水，向我手心流。
>
> 临行泻赠君，勿薄细碎仇。
>
> 刘叉《姚秀才爱予小剑因赠》

因为同样的清澈、明亮，古人常常以水喻剑。诗人说，我手里拿着的是一柄上古传下来的好剑，剑如流水藏在我的掌心。如今临行之时，我将这宝剑赠予你，它锐利的锋芒，如水泻般流畅。但请君记得，不要把它用在个人细小的恩仇上，要用在建功立业的大事上。

全诗清凉如水，婉转自如，"流"与"泻"二字有水的动感，也有剑的光芒。赠剑之时的叮咛更显水样哲思：不要为小事剑拔弩张，而应该用这宝剑行侠仗义，做一番惊天动地的大业。

而另一位诗人张祜也曾表达过类似的观念。

<blockquote>
三十未封侯，颠狂遍九州。

平生镆铘剑，不报小人雠。
</blockquote>

张祜《书愤》

诗人说，我有世所公认的镆铘宝剑，却从不会为报私仇而轻易动用。这虽然只是个人的理想，但也可以看出古人在"争斗"之事上的原则。个人恩怨上，不会因为小事而斗殴，那么民族大事，更不会为了利益取舍而置国家安危于不顾。能够有良将镇守边关，能够有容人的气度和雅量，不触犯边界或尊严的底线，就是可以容忍的让渡。毕竟，战争只是一时之事，装在人们心里的还是对和平与安宁的渴望。

男儿的血和情

有时候，对于渴望成功的男人来说，事业、情爱两者似乎同样重要。没有自己的事业，会折损男人的尊严；但缺少如花美眷、幸福婚姻，似乎人生也少了几分春色。"平生只流两行泪，半为苍生半美人"，古往今来，所有荡气回肠的故事大抵如此。匹马戎装虽然是每一个铁血男儿的梦想，但关河梦断，终究还是对平凡的家庭生活怀有一份深深的依恋。

<blockquote>
男儿事长征，少小幽燕客。

赌胜马蹄下，由来轻七尺。

杀人莫敢前，须如猬毛磔。

黄云陇底白云飞，未得报恩不得归。

辽东小妇年十五，惯弹琵琶能歌舞。
</blockquote>

今为羌笛出塞声，使我三军泪如雨。

李颀《古意》

幽燕一带自古多豪客，从小在那里长大的男子，注定会沾染慷慨悲歌的士气，便多了几分刚烈与彪悍；长大以后更是从军戍边，将勇武的气概泼洒在疆场之上。文人间的逗趣常常是雅致清新，"摘花高处赌身轻，惯猜闲事为聪明"。而武将们的打赌恰好相反。他把最重的赌注压在战场上，争做杀敌英雄，为取胜甚至不惜付出生命的代价。凶煞的胡须如刺猬的毛刺一样密密地直竖在脸上，强敌当前，居然不敢靠近他。在这紧张的节奏中，人们可以想象得到：一个七尺大汉，手持雪亮的战刀，背后黄沙漫漫，他怒目而视的眼神，吓倒敌军无数。就是这样一副雄壮与伟岸的样子，将男子汉的铮铮铁骨都展现在人们面前。身后，黄云卷着白云，在天边翻滚，胸中的激情陡然升起，"未报国恩，未立战功，怎可回还？"

假如这首诗就此结束，留在人们印象中的，就仅仅是一个彪形大汉，或者是勇猛的张飞，也可能是鲁莽的李逵。像陈列在历史博物馆中一个寻常的雕塑，栩栩如生，但很难血肉丰满。所以，李颀也像雕刻家般，对笔下的人物进行了修订。于是，他写道：辽东少妇年方十五，善于弹琵琶也善歌舞，今天忽然用羌笛吹奏了出塞的歌曲，曲波荡漾下，三军将士挥泪如雨。如此写来，不仅将虎虎生威的硬汉写得柔肠百结，也勾起了离家多年的军人们浓浓的思乡之情。

在外征战多年，乡音是一段脆弱的往事，一经提起，就会令漂泊的心灵支离破碎。当年项羽被围垓下，四面楚歌之声响起，军心动荡，思乡情切，部队再也无意征战，只盼着战争结束回归家园。这些曾经奋不顾身为功名，为事业，甘洒热血的男子汉，苦、累、伤、痛，都不曾令他们落泪。但家乡的音乐温柔流转，像一股清泉漫过心田。少时的同伴，老迈的爹娘，久别的妻子，那些流淌在岁月中的记忆被熟悉的旋律轻轻地唤醒。被刀光剑影磨出老茧的心渐渐地如剥了壳的荔枝，露出了内在的甜美和柔软。这一切不但没有损伤英雄的形象，反而还为他们的人性加分。一个只知道杀敌报国的男人固然值得尊敬，但丝毫不为儿女情长所牵绊的人，似乎也少了几分人性。反倒是李颀笔下的这些将士，有执着的血性，也同样有为父母妻儿动情的泪光，因此让人感到他们的铁血柔情，品出丰富的人性与人生。高适在《燕歌行》中有诗云："少妇城南欲断肠，征人蓟北空回首。"隔山隔水，两两相望，挡得住彼此的身影，挡不住思念的深情。

> 烽火城西百尺楼，黄昏独坐海风秋。
>
> 更吹羌笛关山月，无那金闺万里愁。
>
> ——王昌龄《从军行七首》其一
>
> 琵琶起舞换新声，总是关山旧别情。
>
> 撩乱边愁听不尽，高高秋月照长城。
>
> ——王昌龄《从军行七首》其二

王昌龄的这两首《从军行》虽然写法各异，主旨却是同样的情绪：思乡。第一首写烽火台上，孤独的城楼矗立在荒野上。举目四望，秋意渐浓，凉风一起，更添寂寞之情。此时，忽然传来笛声，曲调悠扬，如泣如诉，很像亲人嘤嘤的叮咛。想起久别的妻子，这个时候，也一定坐在深闺里想念我吧。思及至此，不禁在心里深深叹息。这长长的思念如漫长的征途，又像茫茫的荒漠，斩不断，理还乱，不知何时才是尽头！

第二首描写的也是类似的情绪，只是角度更为新颖。诗人起笔本是一派歌舞欢腾的景象，音乐和舞蹈不断地变换，翻出新的曲调，但换来换去总是离别的伤情。这样的曲子总是能拨动人们的愁绪，而这愁绪又似乎总也听不尽。是乐曲不尽，还是曲尽人心愁绪不绝，诗人没有交代。但是，忘不了还是不想忘，似乎并不重要。唯一令人动容的是，原来欢宴的底色上早已涂抹了一层重重的伤痛。于是，忽然想起了长城，长城上高高的静静的秋月，苍茫悲凉，冷月无声。

这些烽火台上的征夫，歌舞欢庆的士兵，哪一个不是别家而来，谁能没有归家的渴望！平日战火纷飞，生死一念的战场让人无暇顾及内心的感情。唯有在寂静的秋风中，落日的余晖下，才能想起家的温暖。岑参在《碛中作》一诗中说："走马西来欲到天，辞家见月两回圆。"离家多日，漫长的西征仿佛要走到天边，而天边辽远的景色一旦映入眼帘，天高地阔，又想到此时离家已经有两个月了。细细品来，思乡之情，皎洁如月光泻地，莹润，但也清冷。

其实，每个人的心里都有一处非常柔软的地方，存放着所谓的"儿女情长"。所以，常常有人评论《天龙八部》，说假如阿朱不死，萧峰最后也不会跳崖自尽。因为他知道，有那样一个女子，始终等着他。这份深情的牵挂，犹如放风筝的时候，握在手里的长线，虽然飘荡出很远很远，但你总是知道，一切都是为了最后的团圆。

大丈夫，豪情万丈

在生产力比较低下的古代，书生们常常因为寒窗苦读，无法参加田间劳动，而养成一副"肩不能挑担，手不能提篮"的文弱形象，就像《新白娘子传奇》中的许仙一样，虽然儒雅，却少了几分英武，更别说霸气了。书生意气充其量不过是一种精神上的支撑，实在太缺少战斗力。但常常又是因为他们的文字，激荡起人们心底的豪情。

> 荆卿重虚死，节烈书前史。我叹方寸心，谁论一时事。
> 至今易水桥，寒风分萧萧。易水流得尽，荆卿名不消。
>
> 贾岛《易水怀古》

当年荆轲刺秦，行至易水，高渐离击筑，荆轲慷慨悲歌，"风萧萧兮易水寒，壮士一去兮不复还"。天地愁云，送行之人无不变色。后来荆轲虽不幸失手，但他肝脑涂地的热忱与忠诚，却令后世深深铭记。贾岛在易水畔，想起荆轲的故事，便写就了这样一首诗。他说，荆轲用自己的节烈书写了历史，也为自己的人生写下了光辉的一笔。如今的易水桥上，寒风萧瑟，依然有当年的肃杀之气。易水东流，即便能有流尽的一天，荆轲的勇敢也将名留千古，丝毫不减。荆轲在走的时候已经想到了"一去不复还"，明知赴死也依然前往，这份侠气，震动了贾岛，被诗人赞为"虽死犹生"，即便海枯石烂，依然英名永存。后人读诗，常常知道"郊寒岛瘦"，知道贾岛的专注与推敲，却并不知道，在贾岛的心里，也存着这样一份天地豪情，英雄气度。读书人的心底，除了一声长叹，还有对壮士的悲鸣！

对英雄的呼唤，似乎是每个时代都有的渴望。像李清照那般的弱女子，对英雄也有着深深的敬仰，"生当为人杰，死亦为鬼雄。至今思项羽，不肯过江东"。南宋朝廷偏安江南，苟且偷生，在李清照看来，没有收复河山的志向，与蝼蚁无异。在她的心里，项羽那样宁折不弯的精神，才是顶天立地的男子汉所应具备的品质。而投笔从戎，似乎也是每一位书生的心愿。

老当益壮，宁移白首之心。穷且益坚，不坠青云之志。酌贪泉而觉爽，处涸辙以犹欢。北海虽赊，扶摇可接；东隅已逝，桑榆非晚。孟尝高洁，空余报国之情；阮籍猖狂，岂效穷途之哭！勃，三尺微命，一介书生。无路请缨，等终军之弱冠；有怀投笔，慕宗悫之长风。

王勃《滕王阁序》（节选）

这段文字的大意是：一个人老了，但是志气应该更加健壮、旺盛，怎么能头发一白，就改变自己的志向呢？有时候人难免遭遇精神困苦，但不管如何艰难，都不能改变自己的冲天志向。唯其如此，即便喝了贪泉的水，也会觉得神清气爽；即使身处干涸的地方，也会觉得心境欢快。北海虽远，但乘风就可达到；早晨已经过去，但珍惜黄昏也为时不晚。孟尝君心地高洁，空怀一腔报国热忱；阮籍恃才傲物、放荡不羁，难道要像他那样穷途哭泣？

在经历了这些选择之后，王勃鼓励着别人也激励着自己。所以他说，我地位非常卑微，不过是"一介书生"，但已经二十岁了，却不能像终军一样去请缨杀敌，我羡慕宗悫长风万里的英雄气概，同样怀有投笔从戎的志向。这就是作为"初唐四杰"之一的王勃，他虽然谦卑地说"三尺微命"，却志存高远，且丝毫没有倦怠生活之意。

大风起，云飞扬，得猛士，安四方。在古代文人的理念中，始终持有"修身、齐家、治国、平天下"的传统，为苍生谋福祉一直都是他们的执着追求。

> 天覆吾，地载吾，天地生吾有意无。
>
> 不然绝粒升天衢，不然鸣珂游帝都。
>
> 焉能不贵复不去，空作昂藏一丈夫。
>
> 一丈夫兮一丈夫，千生志气是良图。
>
> 请君看取百年事，业就扁舟泛五湖。

李泌《长歌行》

这首诗的大意是：天覆盖着我，地也承载着我。天地生我应该是有意义的吧。否则，可以不食人间烟火，直接得道成仙，或者也可以担任比较重要的职位，总之是应该有意义的。不然的话，难道让我既得不到富贵功名也不能修炼成神仙吗？这岂不是令我枉为七尺男儿，愧为大丈夫！大丈夫啊，就是要有志气有抱负，将理想都放在建功立业之上。诸君且看我这短短人生，百年之事，等到我功成身退的时候，就会乘一叶扁舟，到五湖四海中过逍遥快乐的日子！

看李泌的理想，似乎和春秋时的范蠡有所相似：治国平天下，我可以为国为民生死不惧，一旦成就霸业，反而功成身退，隐姓埋名，过隐居的日子去了。就像汉初的张良，他辅佐刘邦打败了项羽，为汉朝江山的巩固立下了汗马功劳。但是，他不领赏，放弃了高官厚禄，跑去寻仙学道，求长生不老去了，实际上也是另一种隐居的生活。这些人的身上都有一种共通的追求，就是"做一番大事业"！但是，他们并不是贪图荣华富贵，也不追求功名利禄，只是在家国有难之时，挺身而出，怀着"为万世开太平"的心愿，来改造时代！

所以，李泌有诗云"业就扁舟泛五湖"，成就了自己的人生价值，也完成了历史的转折与递进，功成身退时便了无遗憾了。从王勃一介书生的请缨，到贾岛易水怀古的慷慨悲歌，还有李泌建功立业后泛舟游湖的洒脱，似乎可以看到传统文人"安邦定国"的一种情结，用《老子》的话来说，那就是"功成、名遂、身退、天之道"。这书生气中便有了指点江山的激昂，挥斥方遒的震荡，似乎凝聚了中国文化至柔至刚的精神内蕴。就像故事里的许仙，虽然温文尔雅，没有男子的刚烈与勇猛，却能够在白娘子被镇压雷峰塔下后，坚持自己的信念，吃斋礼佛，为妻子祈福。所谓英雄，既有荆轲的悲壮，也应该有许仙这种以柔克刚的坚韧。唯其如此，才能把手中的文化和力量，汇成刚柔相济的一潭活水，穿山过海，无往而不胜。